蔑まれた令嬢は、第二の人生で憧れの錬金術師の道を選ぶ
1
～夢を叶えた見習い錬金術師の第一歩～
あろえ Aroe
イラスト：ボダックス

ミーア
クレイン
登場人物紹介

ヴァネッサ
アリス
カタリナ
ジール

Character Design
キャラクターデザイン
クレイン
ミーア
バーバリル

Contents

婚約破棄

王都のとある工房の一室で、ポーションづくりの下準備を終えた私——子爵令嬢のミーア・ホープリルは、窓を開けて大きく伸びをした。

疲れ果てた体はめまいを起こすが、新鮮な空気を胸いっぱいに吸い込むと、気持ちがいい。夕日に照らされると体が温かくなり、強張《こわば》っていた力が抜け落ちる。

「はぁ～、やっと薬草の下処理が終わったー……。私の作業はここまでかな」

作業台の上に置かれた薬草を見て、無事に仕事が終わった達成感に安堵《あんど》のため息がこぼれた。

魔法がうまく扱えない私は錬金術ができないため、ポーションづくりの補佐をする助手として、婚約者で錬金術師でもあるジール・ボイトス伯爵令息のお手伝いをしている。

彼が錬金術師に成りたての頃から共に苦労して、この工房・兼店舗を運営しているのだが、最近は言葉を交わす機会が少ない。忙しい日が増えてきたこともあり、希薄な関係性になっていた。

最低限の会話をするだけいいのかもしれないけど……と思っていると、突然、ノックされることもなく扉が開く。

そこには、出掛ける準備を終えた青い髪の男性、ジール様が不機嫌そうな表情で立っていた。

「まだやっていたのか?」

「はい。ちょうど今終わったところです」

「俺は用事があるから先に帰るぞ。ちゃんと片づけておけよ」

「わかりました。お疲れ様です」

バタンッと勢いよく扉を閉めるジール様を見れば、誰もが愛のない政略結婚だとわかるだろう。

親同士で決めた婚約だから仕方ないと思う気持ちもあるが、冷たくあしらわれてばかり。最近は仕事を押し付けて、自分だけすぐに帰るようにもなったので、待遇がいいとは言えなかった。

それでも、私はこの婚約に前向きな気持ちでいる。

小さい頃から憧れを抱いていた錬金術の仕事に携われるのであれば、贅沢《ぜいたく》を言うつもりはない。

こうして工房の中で過ごし、自分が下処理した薬草でポーションが生まれてくるだけでも、堪《たま》らなく嬉《うれ》しかった。

「これで明日も仕事じゃなければ、文句はないんだけど」

不満なことがあるとしたら、魔物の討伐依頼や護衛依頼を請け負う冒険者ギルドに就職している私には、休日が存在しないこと。平日は冒険者ギルドで働き、休日はジール様の工房を手伝っているので、心身共に疲れ果てていた。

「たまには休みが欲しいよ。休みなく働き続けるのは、ふわぁ～……。体がもたないよね」

疲れきった体は正直なもので、休息を求めるように大きな欠伸《あくび》をしてしまう。

早く横になりたい気持ちはあるものの、自分の体を気にかける暇はない。明後日には冒険者ギルドを寿退職する予定だし、新生活の準備を進める必要もある。

婚約者に求められた役目を果たすためには、休んでなどいられなかった。

「大丈夫。冒険者ギルドを退職したら、今より落ち着いた環境に身を置けるはず。憧れていた錬金術に関われるのであれば、きっと幸せにやっていけるから」

自分に言い聞かせるようにして、重くなった体に鞭《むち》を打ち、下処理した薬草を整理し始める。

こうして錬金術に関わることが日常になるんだなーと、ちょっぴり早い新生活を夢に見ながら。

錬金術店の仕事を終えて帰宅した私は、すぐに自室に入って、柔らかいベッドの上に倒れ込む。

張り詰めていた気持ちが緩んだ影響か、自然と瞼《まぶた》が落ちてきて、気を失うように意識を手放した。

今日も疲れたなーと、一日を振り返る暇もなければ、夢を見る暇もない。

窓から差し込む光にハッと目が覚めたら、翌朝を迎えているような日々だった。

冒険者ギルドに就職して、早三年。ずっとこんな生活を続けていたことに、自分のことながら感心する。

「明日で退職するんだから、もう少しだけ頑張ろう。最後に疲れ果てた情けない姿を見せたくはないし」

眠い目を擦《こす》りながら起床した私は、急いで朝の準備を整える。

メイドさんが作ってくれた朝ごはんを食べて、慣れ親しんだ冒険者ギルドの制服に袖を通した後、仕事場に向かって歩いていく。

「お父様に言われるがまま就いた職だったけど、退職するのは名残惜しいなー」

武家の家系であるホープリル家は、冒険者ギルドや国を守る騎士団と関わりが深い。そのため、結婚するまで冒険者ギルドで働くように言われていた。

錬金術に憧れを抱いていた私は、錬金術ギルドで働きたかったのだが……。今では冒険者ギルドで働けてよかったと思っている。

煩わしい貴族付き合いとは違い、平民の同僚たちと自然体で過ごせる時間は居心地がいい。必要以上に気遣わなくてもいいし、無邪気に笑い合える関係が嬉しくて、退職が名残惜しいと感じるほど良い職場だった。

素敵な仲間たちに恵まれて本当に幸せな時間だったなーと、感傷に浸りながら歩いていると、剣と盾の看板が目印の大きな建物、冒険者ギルドに到着する。

まだ依頼の受付は始まっていないが、早くも冒険者や依頼主でワイワイと賑《にぎ》わいを見せていた。

寿退職を目前にしても、冒険者ギルドの忙しい日々は変わらない。一緒に働いてきた同僚たちと挨拶を交わして、早めに受付カウンターに腰を下ろし、仕事の準備を終える。

まもなく仕事の始まりを告げる鐘が鳴るという頃、ムスッとした一人の見慣れた男性が近づいてきた。

「今夜は大事な話がある。ミーアの指のサイズを教えてくれ」

珍しく正装に着飾った私の婚約者、ジール様だ。

そんな人が結婚指輪をほのめかすような発言をすれば、春が訪れるように職場が明るくなり、冒険者ギルドはお祝いムードに包まれた。

「おめでとう、ミーア。自分のことのように嬉しいよ」

「二人で仲良く手を取り合って、末長く幸せにね」

「ミーアみたいな優しい貴族は、絶対に幸せな家庭を築くから。私が保証するよ」

仕事仲間たちが笑顔で温かい声をかけてくれると同時に、足を運んでいた依頼主や冒険者たちも拍手でお祝いしてくれる。

たとえ愛のない政略結婚であったとしても、みんなに祝ってもらえるのは、素直に嬉しい。こうしてお祝いされると、結婚に向けて歩み始めたんだなーと実感する。

結婚式の段取りも組んであるため、後は流れに身を任せれば、自然と新婚生活が始まる……はずだった。


その日の夜、婚約者の浮気現場を目撃するまでは。


綺麗《きれい》な星空が広がる夜になると、冒険者ギルドの倉庫から変な音が漏れ出ていることに気づく。

不審に思って、暗い倉庫の中を確認すると、一組の男女が濃厚なキスを交わすシルエットが映し出された。

こんな場所でやめてよね……と思ったのも束《つか》の間《ま》、キスを終えた二人の顔が離れ、月明かりに照らし出される。

その人物を見た私は、顔から血の気が引き、頭の中が真っ白になってしまった。

密会していたのは、婚約者のジール様だったのだ。

結婚まで残り僅《わず》かな時間しかないのに、婚約者の浮気現場を目の当たりにすることになるとは、誰が予想できただろうか。少なくとも、今朝、仲間たちから祝福された私は考えてもいなかった。

今まで愛の欠片《かけら》もない冷たい態度に耐え抜き、感情を押し殺して尽くしてきたというのに、なぜこんなことを……。

周囲に円満アピールをするため、必死に作り笑いを浮かべてきた私が馬鹿みたいだ。

ジール様と見つめ合っている女の子の可愛《かわい》らしい顔立ちと、ピンク色の髪を見れば、余計にそう思ってしまう。

「カタリナ」

私の可愛がっていた後輩、カタリナ・メディック男爵令嬢が浮気相手なのだから、笑えない。

職場に馴染《なじ》めない彼女を気遣い、同僚や取引先にもフォローして、面倒を見てきたつもりだった。

冒険者ギルドを退職すると決まった時も、甘えん坊な彼女のことが気がかりで、仕事仲間に頭を下げてお願いまでした。

それなのに、どうしてこんな酷《ひど》いことができるんだろう。今となっては、利用されていただけなのかな、と疑ってしまう。

居たたまれない気持ちになった私は、声をかけずにこの場を後にする。

しかし、不意に近くの物に手が当たって、ガランガランッと大きな物音を立ててしまった。

当然、そんな大きな音を出せば、密会している二人にバレるわけであって――。

「ミーア……」

「ミーア先輩……」

呼吸ができなくなるほど気まずい雰囲気になり、自分で表情がうまくコントロールできない。心の底から嫌悪感が湧き上がり、私は自然と二人に軽蔑の眼差《まなざ》しを向けていた。

でも、密会していた二人は違う。悪びれる様子もなく、呑気《のんき》にクスクスと笑っている。

「あーあ、バレちゃった～」

「だから、今日は時間がないと言っただろ。ミーアに正式にプロポーズする日で、夜はレストランで食事する、とな」

「ええ～。昨日の夜だけでは満足できないって言ったのは、ジール様ですよ。結婚指輪も既製品で済ませたって言ってたじゃないですかー」

カタリナの腰に手を回して抱き寄せるジール様を見れば、目の前の光景がすべてを物語っているだろう。

婚約者の私に興味がなく、何の価値も感じていない。可愛げのあるカタリナに好意を抱いているようにしか見えなかった。

「まあいい、誤解を解けばいいだけの話だ」

「……誤解？」

「ああ。ミーアは浮気だと思っているだろうが、現実は違う。これはただの遊びだ」

は？　という言葉すら声に出てこない。どう見てもコソコソ隠れて密会していたのは、一目瞭然《いちもくりょうぜん》だった。

「そうですよ～、先輩♪　私たちは体を求め合うだけの関係ですから、気にしないでください。よくあることじゃないですか～」

「当然だな。健全な貴族なら、夜遊びの相手が一人や二人はいるものだ」

「でも～、ジール様は一途《いちず》じゃないですか。だって、私だけしか見てないですもんねー。それも、ずーっと前から」

「あまり大きな声で言うな。真面目すぎるミーアのために、今まで隠してきてやったんだぞ。せっかくの俺の気遣いが無駄になるだろ」

隠してきてやった？　私への気遣い？　彼はいったい何を言っているんだろうか。言い訳でもするのかと思いきや、完全に開き直るなんて。

貴族の婚約は政治的な意味合いが大きい契約なのだと、ジール様は理解していないのかな。

どうにも彼が本気で言っているような気がして、私は呆《あき》れることしかできなかった。

「信じられませんね……」

「残念ながら、貴族に愛のある結婚なんて必要ないんだ。もっと大人になれよ」

婚約者との時間を切り捨て、私の後輩と遊び惚《ほう》けていた彼に、貴族の結婚を語る資格はない。

両家の間に深い溝を作ったジール様が事の重大さを理解していないのは、滑稽《こっけい》としか言いようがなかった。

「夜遊び程度で騒ぐなんて、馬鹿らしいことだぞ。いい加減に機嫌を直せ」

ようやくカタリナの腰から手を離したジール様は、ゆっくりとこっちに近づいてくる。

ドヤ顔でポケットから取り出したものを見ても、私はため息しか出てこなかった。

「ミーアのために用意したんだ。俺からの初めてのプレゼントが結婚指輪なんて、忘れられない思い出になるだろ?」

このタイミングで結婚指輪を渡してくるなんて、正気? 馬鹿にしていると言われた方がまだ納得できる。

私が十歳の頃から八年も婚約しておいて、初めてのプレゼントが結婚指輪というのも、意味がわからない。今まで誕生日に花の一つも贈ってこないで……いや、もう考えるのはやめよう。

こんな人と付き合う必要はないんだから。

「結婚指輪は受け取れません。私たちには不要なものです」

「はっ? 何を言ってるんだ? お前の大好きな俺からの贈り物だぞ」

妄想も甚《はなは》だしい。そういった感情を抱けるような状態だったのか、自分の胸に手を当てて聞いてほしいものだ。

「勘違いされているみたいですので、ハッキリと申し上げておきます。私はホープリル家に恥じぬよう尽くしてきただけであって、ジール様に好意を抱いてはおりません。これっぽっちもです」

今までボイトス伯爵家から押し付けられた雑務をこなし、ジール様の指示に嫌々従ってきた身としては、好きになる要素など一つもない。

うちの家系に悪評が立たないようにと、ずっと我慢してきただけのこと。これも貴族に生まれた運命だと、自分に言い聞かせて受け入れるしかなかった。

でも、それも今日で終わり。これ以上は彼の言うことに従う必要はないのだから。

私が軽蔑の眼差しで見つめ続けている影響か、さすがにジール様の表情が曇り始める。

少しずつ状況を理解し始めたみたいで、苛立《いらだ》つように歯を食いしばっていた。

「俺との婚約を破棄するとでも言うつもりか？」

「見すごすには大きな問題です。婚約破棄するのは、普通のことでしょう」

「馬鹿馬鹿しい！　伯爵家の俺と結婚寸前で婚約破棄しようなんて、大問題だぞ！　こっちは仕方なく結婚してやろうと妥協してやっているのに！」

「けっこうです。丁重にお断りさせていただきます」

話すだけ時間の無駄だと思い、私はその場を飛び出す。

暴力の一つでも受けていれば、もっと楽に婚約破棄できるかもしれない。でも、もう一秒でも顔を見ていたくないと思ったし、逆上されて大怪我《おおけが》をするわけにもいかなかった。

当然のように追ってくる気配はないので、私たちの関係は修復できないほど大きな亀裂が入ったんだと実感する。

別に後悔しているわけではないが、何も感じないわけでもない。

結婚間近で婚約破棄しようとする自分が惨めに思えて、自然と歩幅が小さくなった私は、廊下をうつむいて歩いていた。

こんなにも堂々と軽んじられるなんて、情けない。どうしてこんなことになったんだろうか。今朝のお祝いムードから一変して、階段を踏み外したように転げ落ちる自分の人生に、思わず涙が溢《あふ》れてくる。

私は特別可愛いわけでもないし、スタイルがいいわけでもない。でも、子爵家に恥じぬように努力を続けてきたつもりだった。

ドレスを着こなすためにダイエットや筋トレを続けたり、伯爵家の婚約者として生きるためにマナーを覚えたり、周囲の目を意識して気遣ってきたり。

休日を返上してまで店を手伝い、助手の仕事を頑張ってきたのに、それすらも認めてもらえないなんて。そんなの……あんまりだよ。

もう貴族令嬢としては生きていけないかもしれない、そう思いながら歩いていると、ドンッと何かにぶつかってしまう。

「何かあったのか？」

「えっ!!　あっ、すみません！　前を見ていませんでした」

壁にぶつかったわけではないと理解した私は、すぐに頭を下げて謝罪した。

急いでハンカチを取り出して涙をぬぐうが、もう遅い。そこには、何度も依頼を担当させていただいている、侯爵家クレイン・オーガスタ様の姿があった。

黒い髪に深い緑色の瞳が輝き、目鼻立ちの整った男性。私よりもたった二つ上の二十歳にもかかわらず、最年少で宮廷錬金術師に選ばれた天才と称されている。

貴族の間では気難しい人と言われているが、そんなことはない。婚約者のジール様とは違い、錬金術のことをいろいろと教えてくださる優しい人で、とても人柄が良い印象だった。

「何でもありません。あの、見なかったことにしてください」

「別に構わないが……代わりに、依頼の確認を頼めるか？　担当の引き継ぎはしてもらったんだが、急にミーア嬢に確認してもらいたくなったんだ」

優しく笑うクレイン様を見れば、気遣っていただいていることくらいはすぐにわかる。他の人に見つからないようにと、私が落ち着くまで応接室で付き合ってくれようとしているのだ。

そんなクレイン様の優しさが身に染みて、また涙が溢れ出てしまう。

通りがかった人がクレイン様でよかったと思いつつ、近くの応接室に案内するのだった。

乱れた心が落ち着き始めた頃、私は冒険者ギルドを訪れたクレイン様の依頼について、詳細を確認した。

彼の依頼は、錬金術に使う素材の採取が多い。冒険者ギルドを介しての依頼は、貴族と冒険者が直接関わらないので、トラブルが起こるケースは少なかった。

こちらに不備でもない限り、クレイン様が依頼の確認に足を運ばれることはないんだけど……。

嫌な予感がした私は、すぐさま手元の依頼書に目を光らせる。

記載されているる文言がおかしくすぐに不信感を抱いたので、大慌てで確認したところ、言い逃れができない状況に陥っていた。

急いで応接室に戻り、クレイン様に頭を下げる。

「申し訳ありません。採取依頼をお受けしていた癒《いや》し草ですが、一週間前にギルドに納品されていることが確認できました」

「やはり終わっていたか……」

「連絡ができておらず、本当に申し訳ありません」

「いや、構わない。傷みにくい素材ではあるからな」

貴族依頼を担当していた私の仕事は、後輩のカタリナに引き継いだばかりなのだが……。書類に多くの不備が見受けられるような状態で、うまく処理できていなかった。

クレイン様に連絡していないのに『依頼元連絡済』にチェックを入れている時点で、適当に仕事をしていることがよくわかる。誤字脱字も多く、クレイン様の名前まで間違えているのだから、フォローのしようがない。

冒険者ギルドの信用に関わる失礼極まりない行為であり、このまま貴族の依頼を任せてもいいものかと、今さらながら不安に思ってしまう。

「もしお時間が許すようでしたら、冒険者ギルドが依頼料を負担して再発注しますが、いかがなさいますか？」

「ミーア嬢が退職するなら、やめておくよ。どうにも新しい担当者とは、そりが合わない。仕事よりも色恋沙汰に夢中で、深く関わると変なトラブルに巻き込まれそうな気がする」

クレイン様には何が見えているんだろうか。彼女と深く関わった私が現在進行形で色恋沙汰のトラブルに巻き込まれているため、とても説得力がある。

今は感心している場合ではなく、冒険者ギルドの職員として、しっかりと謝罪しなければならないが。

「重ね重ねお詫《わ》び申し上げます。本当に申し訳ありませんでした」

再び頭を下げた私は、採取されていた癒し草をクレイン様に手渡す。

「無事に現物が届いたのであれば、責めるつもりはない。ただ、ミーア嬢が担当してくれていた時は、こういったトラブルが一度もなかった。それだけに、今後の付き合いには不安が残るな」

代わったばかりの担当者にミスをされたら、不安になるのも当然のこと。

冒険者と貴族を繋《つな》ぐ私たちの仕事は、些細《ささい》なことでもトラブルが生まれる恐れがあるため、細心の注意を払わなければならなかった。

今後はフォローしてあげられないから気をつけてって、カタリナにはちゃんと伝えたはずなんだけど。職場でコソコソと浮気なんてしている暇があったら、真面目に仕事してほしいよ。

はぁ～、甘やかしすぎたかな……と頭を悩ませていると、クレイン様に苦笑いを浮かべられる。

「そんなに落ち込むことだったのか？」

「えっ？」

「気づいていないと思うが、すでに五回もため息をついている。ミーア嬢には珍しく、仕事に集中できていない印象だ」

婚約者の浮気現場を目撃したばかりで、思考がうまくまとまるはずもない。今後の自分のことを考えるだけでも、自然とため息が漏れ出てしまう。

普段なら顧客の前だと気持ちを切り替えるところだが……。泣き顔を見られていることもあって、変に強がっても心配させるだけだと思った。

「少し泣いてスッキリしましたので、今はまだ大丈夫な方かと。すみません、私もご迷惑をおかけしてしまって」

「今まで何度も世話になったんだ、気にするな。詮索《せんさく》するつもりはないが、話を聞くくらいの時間はあるぞ」

「……私、まだ顔に出ていますか？」

「このまま帰るにしては、いつもと雰囲気が違いすぎる。同僚と顔を合わせれば、すぐに気づかれるだろうな」

そう言ったクレイン様に、慰めるような温かい笑みを向けられると、必死に押し殺した感情が湧き上がってくる。

しっかりしなければいけないとわかっているものの、大人の男性が持つ包容力に抗《あらが》うことはできなかった。

「先ほどの話にありました、色恋沙汰に巻き込まれたような形ですね」

「ん？　そろそろボイトス家の彼と結婚するんじゃなかったのか？」

「予定ではそうでしたが、未定になりました。というより、今から未定にする……いわゆる婚約破棄ですね」

「なっ……」

完全に予期せぬ話だったみたいで、クレイン様の顔が引きつっている。彼のこんな表情を見るのは、今まで何度も顔を合わせてきたのに、これが初めてだった。

「正直なところを申しまして、愛の欠片もない政略結婚でしたから、未練はありません。手を出されなかったという意味では、結婚前に浮気現場を見られてよかったとすら思っています」

「そ、そうか。浮気現場を直接見た後だったんだな。どうりで……」

あっ、言ってしまった。まあ、クレイン様なら言いふらさないだろうし、別にいっか。

「どちらかといえば、今まで積み重ねてきた努力を否定されたみたいで、ショックを隠しきれませんでした。両家のことを思い、貴族として懸命に生きてきた私が馬鹿みたいだったので」

「それはそうだろう。随分と献身的な印象だったから、円満な婚約なんだと誤解していたぞ」

「頑張って取り繕っていましたからね。でも、実際には違います。表向きには、一歩後ろに引いて、ジール様を立てていただけです。裏では完全に雑用係でしたよ」

「たまにいるな。自分が王様にでもなったような気分になり、婚約者をメイドのように扱う奴が」

「給料が出るだけメイドの方がマシです」

「なるほど。ミーア嬢の気持ちはよくわかった。本当に未練はなさそうだ」

やっぱり私はジール様を許せないんだろう。知らないうちに自分の気持ちが制御できなくなり、クレイン様に愚痴ばかり言っている。

今まで婚約者の悪口は言葉にするべきではないと、心の奥底に閉じ込めておいた影響もあるのかもしれない。

あれやこれやと、次々に愚痴を吐き出したい気持ちに駆られていた。

「八年間も尽くしてきたのに、何も評価してくれなかったんですよ。信じられます？」

「浮気するような男に人を見る目はない。深く考えない方がいいだろう」

「考えずにはいられません。すでに結婚式の招待状を出しているので、多くの人に事情を伝える必要があります。完全に向こうが悪かったとしても、よく思われないですよ」

婚約破棄した令嬢となれば、縁談の話は極端に減る。まともな話が来るとは思えないし、訳ありの家系や年の離れた貴族に嫁ぐか、仕事一筋で生きる以外に道はない。

だが、あのまま浮気男と結婚する方がよかったのかと聞かれれば、絶対に嫌だと答えるけど。

「おまけに、仕事は明日で寿退職です。このままジール様が大人しくしているとは思えません」

「確かに、悪い噂《うわさ》の一つや二つは流しそうだな。もしそうなったら、新しい縁談の話どころか、従業員として雇ってもらう場所がなくなる、ということか」

「イメージの悪い女性を雇うメリットはありませんし、取引先とのトラブルの原因になります。まず普通に仕事はできないでしょうね」

夜遊び程度で騒ぐなんて馬鹿らしい、と言っていたし、反省している様子は見られなかった。私の悪い噂を流すと断言してもいいだろう。

「ミーア嬢が冒険者ギルドで培ってきた経験を活かせば、どこでも雇ってくれると思うが、流れる噂次第だな。向こうが揉《も》み消すか悪い噂を流すかによって、評価は大きく変わるはずだ」

「希望を抱くのは難しいかもしれませんね。冒険者ギルドの仕事が休みの時は、ジール様のお店で何度も顔を出して手伝っていたんですから。私の悪い噂を流さないと商売になりませんよ」

「それもそうだな。ミーア嬢には悪いが、ボイトス家のジールは頭角を現したばかりで、錬金術ギルドが注視している人物の一人だ。有用な人材と判断されれば、ギルド側も庇《かば》うかもしれない」

予想していたこととはいえ、改めてクレイン様に言われると、落ち込まずにはいられない。急激に未来が閉ざされたような感覚に陥り、虚無感を強く感じていた。

子爵家の私が伯爵家のジール様と争うのは、分が悪い。最悪、家を出ることも考慮した方がいいだろう。

住み慣れた王都で過ごせなくなるのはツライけど、これればかりは仕方ない。

身内に迷惑をかけ続けるくらいなら、独身のまま細々と暮らしたいから。

思い描いていた未来から大きく外れ、人生が終わった……と思っていると、クレイン様が怪しげな笑みを浮かべて見つめてくる。

「だが、今までの話を踏まえた上で、一つだけ未来を好転させる方法がある」

「ほ、本当ですか!?」

水を得た魚のように復活した私は、グイッとクレイン様に顔を近づけた。

「どうしたらいいんですか？　現状は絶望的な未来しか見えませんから、私にできることであれば、何でもやりますよ」

「いい心構えだ。じゃあ、俺の工房で働いてくれ。宮廷錬金術師の助手になれば、変な噂なんて吹き飛ぶぞ」

「へっ？」

あまりにも予想外の提案をされて、私は情けない声が漏れ出てしまった。

クレイン様の言葉の意味は理解できる。しかし、心が置いてけぼりになり、何を言っているのかわからない。

なぜなら、宮廷錬金術師の助手といえば、エリート錬金術師の登竜門だから。

未来のある優秀な錬金術師が働く場所であって、冒険者ギルドの受付嬢が働く場所ではなかった。

「悪い話ではないはずだ。錬金術店で働いていたのなら、それ相応の作業はできるだろう」

「えっ。いや、それはそうかもしれませんが……。ど、どうして私を？」

「俺はミーア嬢のことをかっているんだ。それ以外に理由はない。じゃあ、明日までに考えておいてくれ」

それだけ言うと、クレイン様は席を立って、部屋を後にする。

本来であれば、お見送りしなければならないのだが……、その場を動くことができなかった。

もしかしたら、まだ婚約者の浮気に動揺していて、聞き間違えたのかもしれない。

いくらこちらに非がなかったとしても、私は婚約を破棄して傷物令嬢になろうとしている。宮廷錬金術師の助手に選ばれるはずがない。

ましてや、錬金術師ではないのだ。

宮廷錬金術師の工房で働くなんて、そんなことがあるはずは――。

「何が起こっているんだろう。夢、じゃないよね……？」

人生を大きく左右する出来事が重なり、自分の頬《ほお》をつねるという原始的な方法で、私は夢ではないと実感する。

浮気をされて落ち込んでいた心は、いったいどこにいったのやら。

今となっては『宮廷錬金術師の助手』という希望に満ち溢れた言葉だけが、頭の中に響き続けるのだった。

幕間　膨らむ野望(Side：ジール)

なんとか気持ちを切り替えて、ミーアが帰宅する頃。

綺麗《きれい》な夜景が見えるレストランの窓際で、二人の男女がワイングラスを片手に持ち、悪態をついていた。

冒険者ギルドで密会を終えたばかりのジールとカタリナである。

「本当に馬鹿な女だったな。俺の輝かしい経歴に傷をつけやがって」

「仕方ないですよ～。先輩は子供みたいな乙女心を持った、可哀想《かわいそう》な人なんですから」

長年にわたって、ミーアは自分に惚《ほ》れていると誤解していた分、騙《だま》されたと思うジールの怒りは大きい。

プライドの高い彼にとっては、飼い犬に手を噛《か》まれるほどの屈辱だった。

「あいつは政略結婚に愛でも求めてんのか？　面倒くせえな」

「確かに先輩は面倒な一面がありましたけど、扱いやすい人ではありましたよね～。だって、ちょっと甘えるだけで仕事を全部やってくれるんですよ？　とっても便利な人だったなー」

「確かにそれは言える。俺の店の雑用もすべて押し付けたら、文句の一つも言わずに何でもやる女だった」

「先輩の良いところですよね。馬鹿みたいにな～んでもやっちゃうところ」

ワインが進んでいる影響もあるのだろう。次第に二人の口は饒舌《じょうぜつ》になり、ミーアを見下すことで上機嫌になっていく。

「これは面白い話なんだが、ミーアがどこまでやるのか実験したことがあったんだ。そうしたらよ、錬金術師の仕事だと気づかずに、ポーションの下準備までやりやがったんだぜ？」

「えー。どうりで休み明けの先輩は使えないと思ったー。死んだ魚みたいな目をしてたんだもん」

「そう言うな。おかげでカタリナとの時間がたっぷりと取れたんだ。一人の女性としては論外だが、便利な女だったのは間違いない」

「それはもう婚約者の扱いじゃなくて、ただの奴隷じゃないですか～」

他の客を気にする様子もなく、二人はハハハッと楽しそうに嘲笑《あざわら》う。

ミーアをこき使ってやった、その事実を口にすることで、ジールは自分の方が上の立場だったと強く認識した。

命令した仕事をこなすことしか能のないミーアに、価値はない。婚約破棄した噂《うわさ》が広がれば、使えなくて捨てられた令嬢だと世間から認識されるだろう。

そう思って飲む酒は格別だった。

「でも、大丈夫なんですかー？　先輩に何でも押し付けていたのなら、錬金術師の仕事に影響が出ますよね」

「問題ねえよ。俺が本気を出せば、もっと良いものが作れる」

「ええ～、本当に言ってます？　まるで今まで本気を出してなかったみたいじゃないですかー」

「当たり前だろ。錬金術師でもない素人の女が手伝っている時点で、普通は良いものが作れない。だが、天才肌の俺は違う。ギルドの目に留まるほど良い品を量産し続けて、今やBランク錬金術師に昇格寸前だぜ」

ミーアが下準備した素材でポーションを作り、Bランク錬金術師になろうとしている事実に、ジールは自分の腕を疑わなかった。

難しい勉強もせず、錬金術には打ち込まない。それでも品質の良いアイテムが作れるようになったのだから、錬金術に絶対的な自信を持っている。

自分の錬金術のセンスが恐ろしい、そう思うほどに。

「すご～い！　もしかして、将来は宮廷錬金術師になっちゃう？」

「俺がならなくて誰がなるっていうんだよ」

「やだ～、かっこいい～」

デレデレになったカタリナの甘え声に、ジールはさらに気分を良くした。

もはや、自分の輝かしい未来しか見えていない。それだけに、結婚直前での婚約破棄などという汚点を付けたミーアを許すつもりはなかった。

——俺の輝かしい経歴を傷つけやがって。必ずミーアの悪い噂を流して、人生のどん底に落としてやる。ミーアは下積み時代を支えた女ではない。足を引っ張り続けた女だからな！

苛立《いらだ》ちを当人にぶつけることができないジールは、ワインを一気に喉の奥へ流し込んだ。

「あーあ。先輩はもったいないことをしましたね～」

「俺の婚約者のままでいたら、宮廷錬金術師の妻になれたものを。本当に馬鹿な女だ。今後は華やかな生活とは無縁の存在になるだろう」

「もう～、野望が出ちゃってますよ。まだ宮廷錬金術師じゃないのに～」

「悪い。まっ、来年にはそう呼ばれているかもしれないけどな」

自分は神に選ばれた存在であり、錬金術の天才だと確信している。

本気さえ出せば、いつでも宮廷錬金術師になれるはずだ、と。

――ククククッ。錬金術の仕事に専念するためにも、早く婚約破棄を済ませてやろう。ミーアが正式に婚約破棄を申し込んでくる前に、こっちから叩《たた》きつけて後悔させてやる。

ジールが飲み干したグラスに、カタリナがワインを注ぐ。すると、彼女は何かを思い出したかのようにハッとした。

「そうだ！　ジール様ほどの腕前なら、宮廷錬金術師の助手に志願してみたらどうですか～？」

「馬鹿を言うな。俺は誰かの下につくような男じゃねえ。あんなジジイ共から何を学べっていうんだよ」

「でも～、最年少で宮廷錬金術師になった方がいましたよね。ここだけの話ですけど、自分の認めた人しか助手にしたくないからって、一人で仕事をこなしているらしいですよ」

「ああー……クレイン・オーガスタのことか」

若き天才と称された、クレイン・オーガスタの名を知らぬほど、ジールは世間知らずではない。

互いに錬金術を生業《なりわい》にする家系ということもあり、この仕事を始めた頃にクレインの作業現場を見学させてもらったことがある。

しかし、当時の自分では手も足も出ないほどの差を痛感し、自信を失っただけだったのだが……。

今のジールは違う。なぜなら、自分も天才の領域に足を踏み入れたと確信しているからだ。

「あのクレイン・オーガスタを宮廷錬金術師の座から引きずり降ろせるのは、俺しかいない。もうそろそろ世間に本気を見せてやるとするか」

野望はひたすら大きくなっていくが、ジールはまだ知らない。

錬金術師の資格を持たないミーアが積み重ねてきた努力を。そして、錬金術師の才能を開花させたのは、誰だったのかを。

憧れていた世界へ

婚約者の浮気現場を目撃する、という悪夢のような現実を体験した翌日。

青空の広がる爽やかな朝とは対照的に、頭の中がゴチャゴチャしている私は、手で隠せないほど大きな欠伸《あくび》をしながら、冒険者ギルドに向かっていた。

「ふわぁ～。全然眠れなかったなー……」

人生を大きく左右する出来事が重なれば、ぐっすりと眠れるはずもない。

ジール様の浮気だけならまだしも、天才と称されたクレイン様の助手に誘われるなんて、いったい誰が予想できただろうか。

それも、冒険者ギルドの受付嬢であり、平凡な子爵令嬢の私が、である。

冗談だと言われた方がまだ納得できるけど、昨日は真剣な表情で愚痴を聞いてくれていた。人の不幸をからかうような方ではないし、同情したからといって、こんなに大きな話をくれるとも思えない。

どうして助手に誘ってくれたのか、考えても思い当たる節《ふし》がなくて、心の整理がつかなかった。

今日が最後の出勤となるのに、まったく身が引き締まらない。すべて夢だったのではないかと、ついつい現実逃避をしてしまう。

「考えていても仕方ないか。しばらくは成り行きに身を任せようかな。とりあえず、今日をなんとか乗り切らないと」

いろいろと顔に出さないように気をつけよう、と心に決め、平静を装って通りを進んでいくと、冒険者ギルドに到着する。

何年も働いた職場ではあるものの、婚約者が浮気した場所ということもあって、複雑な心境で足を踏み入れると……。いったい何が起こっているのやら。

ものすごい勢いで同僚たちが走ってきて、取り囲まれてしまった。

「話でも聞こうか？」

優しい言葉をかけてくれたのは、冒険者ギルドで一番仲の良い受付仲間、アリスである。

私が初めて打ち解けた平民の友達であり、気兼ねなく話せる数少ない女の子。仲間思いで裏表がないその性格は、上下関係の厳しい貴族社会で暮らす私にとって、とても心地がいい存在だった。

しかし、今は違う。アリスを中心にして、同僚たちが妙なオーラを放っているため、うまく声がかけられない。

「私たちに話したいこと、あるよね？」

「心配しなくても、ごはんくらいは奢《おご》るよ」

「じゃあ、私がデザートをご馳走《ちそう》しようかな」

何があったんだろうか。浮気されたことは知らないはずなのに、みんながすべてを悟ったかのような雰囲気で接してくる。

「きゅ、急にどうしたの？」

「いいって、いいって。無理しないで」

まるで、捨てられた子猫でも見るかのように優しい眼差《まなざ》しを向けられ、私は動揺を隠せなかった。

どうしよう、絶対にバレてるよね。いつもみんな眠そうに挨拶してくるだけじゃん。そんなに気遣ってくれるのは、あまりにも不自然だよ。

「ちょっと待って。知ってる方がおかしくない？　まだ昨日の今日だよ？」

浮気した当人たちが話すはずはないし、クレイン様も言いふらすような人ではない。もちろん、私も話していない。

でも、知られてしまっているのは、事実であって……。

「もう街全体に広がってるよ」

「ミーアは評判がいいから、なおさらだよね」

「悪いのは、ボンボンの息子とブリッコ女でしょう？」

突然のことで混乱していると、さらに予測できない事態が生まれてしまう。

同じ受付の仲間だけではなく、部署が違う冒険者ギルドの職員さんたちまで、朝の準備を放《ほ》ったらかして駆け寄ってきたのだ。

口数の少ない頑固な解体士さんや、いつも怒り顔で経費に厳しい会計士さん、田舎の母親みたいな管理栄養士のおばちゃんまで……。

「口だけの男なんざ、その辺に捨てておけ」

「慰謝料の取り方、教えましょうか」

「出勤できて偉いねえ。顔が見られてよかったよ」

婚約者のことについては、別に何とも思っていない。婚約破棄できそうでよかった、とまで思っている。

でも、他にも大勢の仕事仲間が近づいてきて、優しい言葉を投げかけてくれる姿を見ると、なんか……ダメだ。

こんなに心配してくれる人がいると思うと、ありがたくて泣けてくる。

「全然大丈夫ですので。本当に、あの……大丈夫です」

昨日から涙もろくなっている私にとって、みんなの優しさは我慢できるものではなかった。

「女を泣かせるとは、許せねえ野郎だな」

「相手が貴族であろうと、容赦しませんよ」

「泣くほどいろいろなことがあったんだねぇ。今まで気づいてやれなくて悪かったね」

違うから、泣かせたのはみんなぁ～！　もう……本当にありがとう。

感情の制御ができなくなった私を気遣ってくれたのか、アリスがギュッと抱き寄せて顔を隠してくれる。

その人肌が一段と温かくて、心の傷が癒《い》えていくのを実感した。

自分でも知らないうちに、心に大きな傷がついていたんだと自覚する。

「仕事はどうするの？」

「復帰する気持ちがあるなら、うちらもギルマスに頼みに行くよ」

「やっぱりミーアがいないと、貴族依頼は不安だもんね」

今は考えたくない……と言いたいところだが、現実は厳しい。私は今日、寿退職で仕事を辞める予定だったのだから。

ギルドマスターに頼み込めば、退職処理を取り消して、仕事を継続させてもらえるかもしれない。でも、クレイン様が本気で誘ってくれているのなら、宮廷錬金術師の助手として働きたい気持ちの方が大きい。

もちろん、冒険者ギルドの仕事が嫌いなわけではないし、良い仲間たちに恵まれているので、仕事を継続してもいいと思う。

ただ、ジール様が錬金術師の仕事で納品に来たり、浮気相手の後輩カタリナがいたり、密会現場があったりと、とにかく気持ちが落ち着かない。みんなにも必要以上に気遣わせて、迷惑をかけてしまう恐れがある。

可能な限りジール様とカタリナには関わりたくないし……そう思っていると、抱き締めてくれていたアリスの手にグッと力が入った。

「この話はまた後にしよっか。先に朝の準備をしないとね」

きっと冒険者ギルドにカタリナが出勤してきたんだろう。顔を合わせなくて済むようにと、配慮してくれたんだ。

「……ありがとう。みんな」

今日ほど持つべきものは友だと思った日はない。身分など関係なく、一緒に過ごしてきた仲間の力を借りて、最後の日を乗り越えようと思った。

冒険者ギルドの受付カウンターに座り、慣れ親しんだ仕事をこなしていると、あっという間に時間が流れていった。

周囲の気遣いもあり、受付の座る場所を変えてもらったため、いつものようにカタリナと顔を合わせることはない。

それどころか、貴族依頼を適当に処理していたと判明したカタリナは、現在ギルドマスターの部屋に呼び出されている。

いくら男爵家の令嬢とはいえ、冒険者ギルドの信用問題に関わるので、厳重注意だけで終わるはずがない。迷惑をかけた方々の元まで足を運んで謝罪した上で、減給処分が妥当だろう。

貴族依頼は責任が重いと、何度も伝えておいたのに。こればかりは面倒を見てきた私のせいではなく、自業自得なのだから仕方ない。

そのおかげといってはなんだが、最後の仕事をノビノビとできるので、ありがたいことではある。

まあ、冒険者ギルドを訪れた人々の話が耳に入ってくるので、居心地がいいとは言えないが。

「あの女狐《めぎつね》、今度はミーアちゃんの婚約者を寝取ったらしいわ」

「私はジール様がミーアちゃんの後輩に手を出したって聞いてるよ」

「待って。ミーアさんって、寿退職するんじゃなかったの？」

もはや、噂話《うわさばなし》を止める術《すべ》はない。カタリナには余罪があるみたいだし、今から婚約破棄をする私にとっては、追い風になりそうだった。

でも、可哀想《かわいそう》……と言いたげな視線を向けられるのは、良い気持ちがしない。浮気されたこともあり、私が捨てられたような扱いを受けている。

しばらくは仕方ないのかな、と諦めていると、私の受付に一人の男性がやってきた。

ポーションを入れたケースを受付カウンターにドンッと置いた、クレイン様である。

「昨日の返事を聞きに来た。ポーションの納品はついでだ」

「本気だったんですね……」

「冗談で言うことではないだろ」

「それはそうですが、簡単には信じられないお話だったので」

クレイン様が持ってきてくださったポーションを預かると、いつもと同じように査定していく。

不純物が混ざっていないか、品質に問題はないか、魔力が安定しているか。様々な項目を確認しながらも、私は頭の中で別のことを考えていた。

宮廷錬金術師の助手、か。改めて考えてみると、私は何を求められているんだろう。

一般的には、才能のある錬金術師や自分の弟子を助手にするはずなんだけど。

「ハッキリと申し上げておきますが、私は錬金術師ではありませんよ？」

「それくらいのことは理解した上で声をかけている。考えもなしに誘っているわけではないぞ」

「でも、冒険者ギルドの受付嬢を助手にするなんて、聞いたこともないですし……。あっ、これは買い取り額をプラスしておきます」

「良いものが紛れていたか？」

「他のものより魔力が安定しています。長期依頼に出かける冒険者用に取っておきたいですね」

宮廷錬金術師のクレイン様は、ポーションの研究を専門にしているので、様々な条件下で作成している。そのため、持ち込むポーションには当たり外れが存在していた。

ジール様の助手をやっていた私は、こうして受付に持ち込まれるポーションを見比べては、いつも勉強させてもらっていた。

今思えば、気難しいと言われているクレイン様と打ち解けられたのも、ポーションの査定がきっかけだったかもしれない。

それがどうしようもないほど楽しくて、良質なポーションを作るにはどうすればいいんだろうって、いつもワクワクしていたことをよく覚えている。

「俺がミーア嬢をかっているのは、そういうところだな」

そんなことを考えていると、唐突にクレイン様に評価されて、私は首を傾《かし》げた。

「どういう意味ですか？」

「ポーションの細かい査定は難しいが、平然としてやってのけるだろ」

「ただの慣れですよ。経験が物を言う作業ですし、ギルド職員なら誰でもやっています。私が特別上手に査定するわけでは——。これはどうやって作ったんですか？　ちょっと他のと雰囲気が違いますね」

一見、普通のポーションに見えるが、魔力の流れ方が僅《わず》かにおかしい。

クレイン様が作る様々なポーションを比較してきた私は、些細《ささい》な変化でも敏感に反応するようになっていた。

「どこに置いてあったものだ？」

「三列目の右から四番目です」

「そこに置いたものは、魔力水を冷やして作成したものだな」

「魔力水の温度が低すぎると、薬草の成分が抽出しにくくなると聞いたことがありますが」

「時間をかければ問題はない。魔力に変化があったのなら、抽出する薬草の種類によっては、大きく変化するのかもしれないな」

こうして話し込んでいると、あっという間に時間が過ぎてしまうのだから、錬金術は奥が深い。

クレイン様は錬金術師でもない私の言葉に耳を傾け、あーだこーだと議論してくださるので、ついつい話が長引いてしまう。

仕事中ではあるものの……貴族担当は接待も仕事のうちに含まれているため、誰にも文句を言われることはなかった。

「助手の話を断ったら、こういう話ができなくなるのはツラいですね。錬金術は好きなので」

「だろうな。ポーションを見ただけで活き活きするのは、俺の知る限りではミーア嬢しかいない」

面と向かって言われるのは、恥ずかしい。でも、確かに私は錬金術が大好きだった。

薬草からポーションを作り出せるのも不思議だし、鉱物を加工してアクセサリーを作れると聞くだけでも、夢が広がる。

ジール様との婚約を受け入れていたのも、錬金術の仕事に携われるという利点があったからだ。

もしかしたら、私がジール様を好いていると誤解させていたのは、こういう気持ちが影響していたのかもしれない。

「そんなに顔に出てますか？」

「見れば誰でもわかるほどにな。鏡を持ってきてやろうか？」

「大丈夫です。その代わり、五列目の左から二番目のポーションは買い取り不可とさせていただきます」

「やっぱりダメだったか。成分を抽出し終えた薬草を再利用したものだったんだが」

「そんなものを持ち込まないでくださいよ。私は試験官じゃないんですから」

「俺にとっては試験官みたいなものだ。それは偽造ポーションといって、他の職員なら普通に買い取ってもらえる違法品だぞ」

クレイン様におかしなことを言われ、もう一度そのポーションと向き合う。

しかし、色合いや魔力反応に異常は見られないものの、明らかに回復成分が存在しないものだった。

いくらなんでも、こんなポーションを買い取る職員はいないだろう。だって、ポーションになりきれていないんだから。

「またまた〜。そんな冗談は通じませんよ」

「本当のことを言ったまでだ。正直、俺も分別するラベルを貼っていなかったら、本物か偽物か見分けがつかない」

真剣な表情で訴えかけてくるクレイン様と、一つだけ違うラベルが貼られたポーション瓶を見て、私は固まった。

ま、まさか。そんなはずは……と疑い深くなり、素直に受け入れることができない。

試しに、受付カウンターで暇そうに欠伸をしていたアリスをチョイチョイッと手招きして呼んでみる。

「どうしたの？」

「このポーション、どう思う？」

「クレイン様が持ち込んだポーションでしょ？　良品じゃないの？」

「お願いだから、ちゃんと確認してみて。アリスの意見が聞きたいの」

キョトンッとしたアリスは首を傾げるが、ポーション瓶を受け取り、査定を始めてくれた。

色合い、不純物、魔力……次々にチェックしていき、アリスが出したその答えは——！

「問題ないと思うよ。良いポーションだね」

まさかの本物のポーション扱いだった。しかも、良品判定である。

「本当に言ってる？」

「うん。不純物も入ってないし、綺麗《きれい》なポーションだよ。やっぱり宮廷錬金術師様は違うわ」

アリスが嘘《うそ》を言っているようには思えないし、そもそも嘘をつくような性格ではない。私が一番信頼している友人であり、冒険者ギルドの中でも後輩を指導する立場にいる。ベテランの領域まで差し掛かっているギルド職員だと言っても過言ではない。

よって、これは本当に偽造ポーションだと断定してもいい。完全に違法品なのだ。

「クレイン様。違法品の売買は犯罪だって知っていますか？」

「大丈夫だ。買い取ろうとしていたら、こちらで止めている。あくまでポーションの研究中にできた副産物であり、販売する気はない」

「心臓に悪いですよ。お願いですから、変な事件に巻き込まないでくださいね」

状況をうまく理解できていないアリスが挙動不審になっているので、後で説明しておこう。きっと私と同じように『またまた〜。そんな冗談を言っちゃってー』と、話を聞いてくれそうにはないが。

でも、一つだけ確かなことは、私は偽造ポーションを見抜けるということ。クレイン様にできないのであれば、本当にお力になれることがあるのかもしれない。

「これでわかっただろう？　俺がミーア嬢を助手にしたい理由が」

「まだ信じられませんけど――」

「えええええええっ!!」

突然の転職話に驚きすぎたアリスは、耳がキーンッとなるくらいの大声を出した。当然、何事なのかと、周囲の視線を集めてしまう。

「い、今……み、ミーアを助手にするって、言いませんでした……か？」

「その通りだ。俺の工房に引き抜きたいと思ってな」

不敵な笑みを浮かべるクレイン様を見て、ようやく私は察することができた。

宮廷錬金術師の助手というオファーの、隠された意味を。

普通、こんな大事な話をたった一日で決めさせようとはしない。仮に前から目をつけていたとしても、考えるための猶予期間を与えるだろう。

しかし、他に目的があったとしたら、期限を早めてもおかしくはない。

たとえば、浮気されて捨てられた令嬢が寿退職する、という悪い情報を上書きするためのものだったとしたら。

クレイン様がわざわざ二日連続で冒険者ギルドに足を運んだことにも納得がいくし、工房に引き抜くと言った言葉にも説明がつく。

結婚するから仕事を辞めようとしていたのではなく、宮廷錬金術師の助手として働くために辞めた、と思わせることができるのだ。

冒険者ギルドにいる人たちが固まり、唖然《あぜん》としている姿を見れば、そのことがよくわかる。

「み、ミーア？　そ、そんな夢みたいな話がきてたの？」

「えっ？　あ、うん。私も冗談かなって思ってたから、言いにくくて」

「気持ち、わかる。私、気持ち、わかる」

「私より焦らないでもらってもいいかな。片言になってるよ」

「ごめん。ビックリしすぎて。それで、ど、ど、どうするの？　転職するの？」

もともと断る理由のないほどありがたい話だし、ここまでお膳立てされて、引き受けないという選択肢はない。

中途半端に返事をするのは失礼だと思い、クレイン様と向かい合い、私は軽く頭を下げる。

「よろしくお願いいたします」

「わかった。明日から、正式に俺の助手として雇おう」

オファーを受けた瞬間、冒険者ギルドにいた人々が「おぉぉぉー」と声を漏らして、どよめいた。

「マジかよ。ミーアさんって、いったい何者なんだ？」

「冒険者ギルドから引き抜かれて、宮廷錬金術師の助手に抜擢《ばってき》されるなんてな……」

「しかも、最年少で宮廷錬金術師になった、あのクレイン様よ。完全に勝ち組じゃない」

注目されるのは苦手だが、早くも『浮気された可哀想な女』という暗いイメージは消えている。

そして、優秀な錬金術師の登竜門と言われている『宮廷錬金術師の助手』の明るいイメージに塗り替えられていた。

今まで何気なく接してきたけど、今日ほどクレイン様の偉大さを感じた日はない。

なんといっても、冒険者ギルドの職員が大騒ぎなのだ。

みんながどうやって私を送り出そうか悩んでくれていたのは、間違いない。

千載一遇のチャンスだと言わんばかりに「花束どこいったー！」とアリスが声を荒らげて走り回り、騒ぎを聞きつけたギルド職員たちが次々と集まってくる始末である。

「冒険者ギルドに呼び戻す前に引き抜かれちまうとは、一本取られたな」

「ミーアさんに泣き顔は似合いません。嬉《うれ》しい時は笑うべきですね」

「やっぱり明るい話で見送ってあげないとねえ」

私の話題で振り回してしまって申し訳ないけど……、今日くらいはいいのかもしれない。最後くらいは思いっきり見送ってもらおう。

ただ、過剰に気遣ってくださるクレイン様の真意がわからなくて、心の中がモヤモヤしていた。

今まで冒険者ギルドの受付として会話する程度の関係で、深く関わった記憶はない。ホープリル家と所縁《ゆかり》のある家系でもないため、救いの手を差し伸べてくれたことが不思議で仕方なかった。

冒険者ギルドが賑《にぎ》やかな雰囲気に包まれる中、疑問を抱いて浮かない顔をしていると、不意にクレイン様が顔を近づけてくる。

「余計なお世話だったか？」

「いえ、素直に感謝しています。でも、どうしてここまでしてくれたんですか？」

「深い意味はない。あえて言えば、借りを返しただけだ」

「借り、ですか……」

「こっちの話だ。気にしないでくれ」

どういう意味なんだろう、と思ったのも束《つか》の間《ま》、私の思考をかき消すようにアリスが「どいてどいて！」と叫んで、大きな花束を持ってきてくれた。

受付嬢が仕事を辞めるにしては、とても華やかで大きな花束を。

「ミーア、今までお疲れ様。新しい仕事、みんなで成功を祈ってるから」

別れはいつでも寂しいもの、そう思っていたけど、今は嬉しい気持ちの方が大きい。

こんなにも温かく送り出してくれる仲間がいるから。

「ありがとう、アリス。頑張ってくるね。みんなも本当にありがとう」

この日、私は三年間勤めた冒険者ギルドを退職して、新たな道を歩むと決めた。

応援してくれるみんなのためにも、声をかけてくださったクレイン様のためにも、今は前だけを見ていたい。

何より、憧れていた錬金術の仕事に再び携われると思うだけで、私の未来は希望に満ち溢《あふ》れている気がした。

宮廷錬金術師の助手

冒険者ギルドの受付から宮廷錬金術師の助手に転職した私は、王城に併設された宮廷錬金術師の施設の外観を見て、呆然《ぼうぜん》と立ち尽くしていた。

いくつもの窓があるクリーム色の大きな建物は、汚れを感じさせないほど綺麗《きれい》に手入れされている。敷地内には草木が植栽されていて、侵入者を拒むように黒い柵で覆われていた。

荒くれ者たちが集う冒険者ギルドで働いていた身としては、環境の違いに戸惑うしかない。

国が錬金術の発展に力を入れていることがひしひしと伝わってくるほど大きくて、間近で見ると迫力があった。

「なにこれ。うわっ、すっご……」

思わず、貴族令嬢とは思えない言葉遣いで驚いてしまう。そのことに気づいた私は「あっ」という声と共に、口元を手で隠した。

冒険者ギルドのみんなと打ち解けようと努力して、口調を崩すことを意識していたのだが……。

あまりにも居心地の良い環境だったため、慣れ親しみすぎて、口調を崩す癖がついている。

今となっては、逆に意識しないと敬語で話せなくなっていた。

王城の敷地内で働く以上、貴族令嬢らしい姿を求められるはずだから、昔みたいに敬語を中心とした話し方に戻した方がいい。クレイン様は気にされないと思うけど、周りの目があることは意識しておくべきだろう。

戻せる自信がないと思うあたり、相当やばい領域に踏み込んでいる気がするけど。

あっ、『やばい』も平民言葉になるのか。うぐっ、言葉狩りがツラい。

もっと気をつけて過ごさないと、と思う反面、規模の違う工房を目の当たりにすれば、期待が膨らむのも仕方ないと思ってしまう。

それくらい宮廷錬金術師が過ごす施設は衝撃的だった。

国の発展に貢献すると認められた人の中から、たった十人しか選ばれない宮廷錬金術師には、一人ずつ工房が用意されていて、研究に専念できる環境が整えられていると聞く。

この制度が発足してから数十年しか経《た》っていないが、先人たちがそれだけの実績を残していた。

街に魔物を寄せ付けない結界を作成したり、災害に負けないような建物にするために建材を強化したり、畑で採れる農作物の生産量を向上させたり。

錬金術師の地位を大きく向上させたのは、世界で唯一の宮廷錬金術師の制度があるこの国、リメルディア王国だと言われ、時代が変わり始めている。助手にも優れた人材が集められ、他国や錬金術ギルドからも大きな注目を浴びるほどだった。

施設内を平然とした表情で行き交う人々を見ても、いつも歩いている王都の街中とは光景が違う。宮廷錬金術師に関わる助手やお弟子さんが多いみたいで、エリートオーラを放っていた。

「場違い感がすごいなー。やばっ、周りの人たち、頭良さそう……」

頭が悪そうな感想をこぼしてしまうが、今日から私もここで働く人間の一人だ。正式に通行許可も下りているし、不審者のようにキョロキョロするわけにはいかないので、堂々としていよう。

……さっき自然と、やばって言っちゃったな。この言葉が使えないのは、本当にやばいわ。

少し緊張しながら歩き進め、クレイン様の工房にたどり着くと、大きく深呼吸をした。

そして、意を決して工房の扉をノックすると、クレイン様が出迎えてくれる。

「おはよう。歓迎するよ、ミーア嬢」

「おはようございます。本日から、よろしくお願いします」

「ああ、よろしく頼む。ひとまず中に入ってくれ」

あっさりと中に入れてもらった私は、想像以上にしっかりとした工房に圧倒されてしまう。

「広いですねー……」

清潔な作業台がいくつもあり、錬金術に使う機材や参考資料が棚に整理されている。この場ですべてのことができるようになっているのか、応接室や書斎、休憩室まで完備されていた。

「宮廷錬金術師の工房は、国が大きく支援している。その辺の工房よりは遥《はる》かに豪華な設備だぞ」

「噂《うわさ》には聞いていましたが、実際に目の当たりにすると違いますね。初めて見る機材もいっぱいあります」

クレイン様以外に誰もいない影響か、シーンッとしていて、高そうな機材ばかりに目がいく。

研究に不自由のない設備と、潤沢な資金が提供されていると聞いていたけど、ここまで違うとは思ってもみなかった。

「気持ちはわかるぞ。俺も使ったことのない機材の方が多いくらいだ。錬金術師でも専門分野が違うと、なかなか使う機会がない」

「そういうものなんですね……。うわっ、知ってる機材も形状が違いますよ」

「最新型の設備を揃《そろ》えているからな。基本的な構造は同じだが、使い勝手が僅《わず》かに変わる」

ここに置いてある錬金術の機材は、一般的な濾過《ろか》装置でさえ、かなり豪華な仕様になっている。

作業の正確さを求めた結果なんだろう。不純物を取り除くフィルターが三段階に分かれていた。

「慣れるまで大変そうですが、頑張って覚えたいと思います。せめて、雑用くらいは足を引っ張らないようにしなければ……！」

「そんなに張り切らなくてもいい。ミーア嬢には、御意見番として居てもらいたいんだ。助手という立場であったとしても、何か違和感を覚えたら、遠慮せずに教えてほしい」

錬金術をかじった程度の私が『御意見番』と呼ばれる日がくるなんて。力になれるところが限られているだけに、変なプレッシャーを感じる。

「改めて言われると恐縮しますが、思ったことを口にするだけですよ。あまり期待はしないでくださいね」

「問題ない。有益な意見ではなかったとしても、クビにするつもりはないんだ。冒険者ギルドにいた時と同じように、気軽にやってくれた方が俺も落ち着く」

「……クレイン様のメリットが薄いような気がするんですが」

「その程度でクビにするようなら、最初から声をかけていないだろ。ポーションの出来栄えを査定してもらうだけでも、俺にとっては価値がある。ミーア嬢は普通に過ごしてくれたら、それでいい」

必要以上に気遣ってもらっている気もするが、まずは環境に慣れることを優先した方がいいかもしれない。

今日からこの工房で働く助手になるんだし、お言葉に甘えさせていただこう。

「では、まず私の呼び名を変えてください。助手を令嬢扱いするのは、違和感があります」

「言われてみれば、確かにそうだな。よし、これからはミーアと呼ばせてもらおう」

「わかりました。それと、もう一つ。どう見ても工房に人が見当たらないんですが、他の方々はどこで仕事をされているんですか？」

広々とした工房にもかかわらず、私とクレイン様以外に誰もいない。防音設備も整っているため、ずっとシーンッとしていて、とてつもないほどの違和感を放っていた。

「誰もいないぞ。ミーア以外に人は雇っていないし、他に雇う予定もない」

「私、何か変なことを言いましたかね。宮廷錬金術師の工房なら、普通は大勢の人が働いていると思うんですけど」

「俺は少数精鋭派だ。何人もの錬金術師を雇いたくはない。人が多いと、かえって研究の邪魔になりかねないからな」

言いたいことがわかるようでわからないのは、気のせいだろうか。

私以外に人がいないのなら……。はて、少数精鋭とは？

「独りぼっちですよ」

「ちゃんと数えてみろ。二人だ」

「雇ったばかりの私を含めないでくださいね？」

孤高の天才とは、こういう人のことを言うんだろうか。単純に人付き合いが苦手なだけなのかもしれない。

「唯一引き入れたメンバーが、本当に私で大丈夫ですか？　もっと実績のある人を雇わないと、周囲の反感を買いますよ」

「気にするな。実績なんて、後からいくらでもついてくる」

「御意見番の実績とは、いったい……」

「深く考えなくてもいい。とりあえず、うちの工房に人が少ない分、国に給与は高めで申請するつもりだ。契約の内容を確認してくれ」

そう言ったクレイン様から契約書を受け取ると、驚くべき数字が記載されていた。

冒険者ギルドの受付で働いていた私は、他の貴族令嬢よりも金銭感覚が庶民的だと自覚している。

それゆえに、書類を持つ手が震えてしまう。

「給与の桁、間違えてません？」

「そんなことはないだろう。ボイトス家で助手をやっていたのなら、最低でもその半分はもらっていたはずだぞ」

「いえ、無給でしたよ」

「フッ、意外に冗談が好きなんだな。錬金術師の助手というのは、制作物に大きな影響を及ぼす。ボイトス家みたいに急成長していたら、普通は助手を手放さないようにと、給料を大幅に……」

何か違和感を覚えたみたいで、クレイン様の言葉が途切れた。

それもそのはず。何の未練もなく手放されているだけではなく、そもそも大事にされていないから、平然と浮気されているのだ。

給料もなければ、休日もない。婚約者だから、という理由だけで働き続けていたのである。

「闇が深すぎないか？　労働者に対する扱いではないぞ」

「私に言わないでくださいよ。ボイトス家に嫁ぐことを前提にしていましたし、文句を言える立場ではありませんでしたから」

「話を聞くのが怖くなってきた。とりあえず、契約書に問題があったら言ってくれ。不満があれば、指摘してもらっても構わない」

「逆に優遇されすぎていて怖いですね……」

「心配するな。普通の権利だ」

昇給やボーナスであれば喜んで受け取るが、さすがに基本給の桁が違うのは怖い。国と契約を結ぶ形になるので、安全性は高いと思われるものの、ついつい二の足を踏んでしまう。

「詳しい契約内容について、いくつか確認させていただいてもよろしいですか？」

「構わない。俺が判断できない内容であれば、城の法務部に問い合わせよう」

疑い深くなった私は、慎重に契約の手続きを進める。

当然のように休日があり、有給制度や怪我《けが》の保証まで充実しているので、断る要素を探す方が難しい。この期に及んで他の職に就くつもりもないし、社会で働く者の責務として、いちおう契約書に目を通しているだけだ。

結局、クレイン様に聞けば聞くほど良心的な内容だったため、私はそのまま契約書にサインするのであった。


正式に宮廷錬金術師の助手になった私の元に、早くも御意見番の仕事が回ってくる。今はクレイン様がポーションを作るところを見学していた。

婚約者だったジール様がポーションを作る姿は何度も見たことあるが、クレイン様は次元が違う。

惚《ほ》れ惚《ぼ》れとする指さばきで薬草をすり潰《つぶ》し、流れるように作業が進んでいく。

私もこんな風に錬金術ができたらいいのになー、と思ってしまうのは、夢を見すぎだろうか。

宮廷錬金術師の助手に選ばれたのなら、少しくらいは夢を見ても……えへへっ。

「錬金術の作業を見ていて、そんなに楽しいか?」

クレイン様に声をかけられ、自分の頬《ほお》が緩み、にやけていることに気づく。

それだけではなく、もっと間近で見られるようにと、無意識に距離を詰めていたみたいで、クレイン様にピッタリと寄り添っていた。

宮廷錬金術師の助手になれて、浮かれているのかもしれない。

恐る恐る距離を取って、軽く頭を下げる。

「すみません。作業の邪魔をしてしまいましたね……」

「いや、構わない。そういった眼差《まなざ》しを向けられる機会が少なくて、珍しいと思っただけだ」

「そうなんですか？　私はこうして錬金術の作業を見学できて、とても嬉《うれ》しく思っていますけど」

「一般的には、魔術師のような華やかな魔法に憧れる者が多い。錬金術の作業は地味なものばかりで、憧れを抱く対象にはなりにくいんだ」

確かに魔術師と錬金術師では、同じ魔力を扱っているのに、受ける印象がまったく違った。

魔術師は国を守る騎士団や魔物を駆除してくれる冒険者に多く、魔法を行使して戦う姿には迫力がある。強い魔物を討伐することで実績を得るし、周りからも理解を得やすいだろう。

一方、錬金術の作業はこぢんまりとしたものが多く、人目に触れる機会は少ない。工房の中で作成したものが市場に流通するだけで、錬金術の世界は閉鎖的だった。

しかし、ジール様との婚約で錬金術に触れ、冒険者ギルドでポーションのありがたみを実感した私は、錬金術に強い憧れを抱いている。

作業台の上で変化をもたらす小さな魔法が、大勢の人々を助ける大きな魔法に変わると知っているから。

「たとえ地味な作業だったとしても、錬金術はなくてはならないものです。前線で活躍する騎士団や冒険者も、ポーションを頼りに戦っていますので」

命を繋《つな》ぐために必要不可欠なポーションだけではなく、今や生活必需品となったランプやコンロをはじめとした魔導具が開発されている。生活の質が大きく向上しているので、今後は錬金術に憧れを抱く人が増えてくるだろう。

魔力を扱う仕事である以上、誰にでもできるというわけではないが。

「それに私は魔法が苦手で、うまく扱えないんです。でも、錬金術は素人でもお手伝いできる部分があるじゃないですか。だから、余計に憧れてしまいます」

どれだけ思いを寄せたとしても、私には錬金術の才能がない。錬金術師の助手として仕事に携わることで、自分の気持ちを誤魔化《ごまか》していた。

素材の在庫管理だったり、薬草の下処理をしたり、ギルドに持ち運んで納品したり。そういった作業を積み重ねていると、間接的に錬金術をしている気持ちに浸れ、いつまでも胸を高鳴らせてしまう。

自分にもポーションが作れるかもしれない、そういう気持ちを何度抱いただろうか。

魔法を使えない人は錬金術もできないというのは、誰でも知っている常識であって――。

「誤解されやすいことだが、魔法と錬金術は別物だぞ」

「えっ？」

唐突にクレイン様に否定され、私は目が点になってしまう。

今までジール様の下で働いていて、そんなことを言われたことは一度もない。錬金術は魔法の一種であり、魔術師の使う魔法と同じものだと認識していた。

「魔法が使えないからといって、錬金術もできないとは限らない。優秀な魔術師であったとしても、錬金術ができるとは限らないだろ」

そう言われてみると、確かにそうだ。錬金術を得意とする魔術師なんて、見たこともないたこともない。

「でも、魔術師も錬金術師も、自身の魔力を用いて魔法を使いますよね？」

「魔力を扱うという意味では、同じ系統に分類されるのは事実だ。だが、魔力操作、魔力感知、魔力の性質など、すべてにおいて求められることが違う。もっと言えば、俺も魔術師のような魔法はほとんど使えないぞ」

クレイン様も魔法が苦手だと知り、止まっていた時間が進み出したかのように、私の中で何かが変わり始める。

常識が崩れるとは、こういう気持ちを表すんだろうか。思いもよらないことを聞いて、言葉を失ってしまった。

「誤解のないように言っておくが、そもそも錬金術とは、魔力を用いて物質を変成させる魔法であり、主に三つの形式に分類される。ポーションや薬などを作る【調合】、鉱物や物体を変形・変性させる【形成】、そして、魔法の力を与える【付与】だ。同じ錬金術師でも、魔力の性質が異なるだけで適性スキルが変わるし、繊細な魔力操作と根気強さが求められる」

錬金術師は得意不得意な作業があるため、専門分野を決めて活動している人が多い。ジール様もポーションを専門にしていて、【調合】の作業ばかりしていた。

「無論、適性のあるスキル以外も扱えるが、錬金作用が生まれる干渉領域を展開した時にやりにくさを感じてしまう。いろいろなことを試してみたが、俺には【調合】が一番合っていると感じた」

クレイン様が手元のポーション瓶に魔力を込めると、そこを中心に調合領域を表す魔法陣が展開された。

「錬金術を難しく考える必要はない。調合領域を展開して、自分の魔力を掛け合わせれば、錬金反応を促すことができる。焦らずにゆっくりと魔力を流していけば、少しずつポーションに変わり始めるだろう」

ポーション瓶を注視していると、薬草から成分を抽出した草色の魔力水に錬金反応が起こり、ゆっくりと青色に変化していく。

繊細な魔力操作によって描かれる見事なグラデーションは、幻想的でとても綺麗。不純物もなく、透き通るような青いポーションに変わりゆく光景を見て、私はすっかり心が奪われていた。

魔力で物質を変質させる錬金術は、何度見ても不思議な光景で飽きることはない。しかし、今まで見てきたジール様の調合とは、完全に別物だった。

「これが、宮廷錬金術師の調合スキル……」

「どうした？　何か気になるところでもあったか？」

「あっ、いえ。とてもスムーズな作業でしたので、驚いてしまいました。ジール様はいつも苦戦されていましたから」

私の知っている錬金反応は、もっとぎこちないものだ。部分的に色が変わり、階段を一段ずつ上るようにしか変化しない。

クレイン様が調合するように、グラデーションを描いて変化する光景を目の当たりにするのは、初めてだった。

　ましてや、イライラしながら作業するジール様とは違い、クレイン様は涼しい顔で作業している。驚いてしまうのも、無理はないだろう。

「これくらいの【調合】は錬金術の基本スキルだぞ。Cランク錬金術師が手間取るなんて、聞いたこともないが」

　そういえば、錬金術の作業を間近で見学するのは、ジール様以外だとこれが初めてのこと。私は二人の作業を比較しているだけで、錬金術の作業について、詳しいことがわからなかった。

「やはり……そうなるのか」

　しかし、クレイン様には思い当たる節《ふし》があるらしく、納得しているみたいだ。難しい顔で黙々とポーションづくりに励み、一つのポーションを作り上げる。

「これで納品するポーションの作成は終わりだ。他は急ぎの仕事ではないし、キリもいい。ミーア、一度ポーションを作ってみないか？」

「えっ!!　いいんですかっ!?」

　クレイン様の言葉を聞いた瞬間、抑えきれない感情が溢《あふ》れ出し、思わず前のめりになってしまう。

　まだまだ新生活の初日であり、私はこれでも貴族だ。図々《ずうずう》しい行為は控えなければならないのだが……、胸の高ぶりと好奇心を止められそうにない。

　きっと私は今、錬金術を教えてください、と言いたげな表情でクレイン様を見つめているだろう。

「錬金術師の助手をするのなら、どんな作業か体験しておいて損はない」

「わ、わかりました。でも、失敗すると思いますから、笑わないでくださいね。私、錬金術をやったことがないので」

「初めからうまくいく人の方が少ない。それに、ハッキリとさせておきたいこともある」

「……ハッキリとさせておきたいこと、ですか？」

「いや、気にしないでくれ。ポーションを作ってもらえば、すぐにわかることだ」

相変わらず難しい顔をしているクレイン様が気になるが、宮廷錬金術師に錬金術を教えてもらう機会なんて、滅多にない。

今は大人しく言うことを聞いて、勉強させていただくとしよう。

「このまま作業を始めると服が汚れてしまいますので、更衣室をお借りしてもよろしいでしょうか？」

「わかった。そこの部屋で着替えてくれ」

逸《はや》る気持ちを抑えながら、更衣室に入ると、私はバッグから持参した作業服とエプロンを取り出した。

汚れてもいいようにそれらを身につけ、髪が邪魔にならないように後ろで結んでおく。

そして、いよいよポーションづくりに挑むため、作業場で待つクレイン様の元へ向かった。

こんな機会は二度と訪れないかもしれないので、フワフワした気持ちから切り替えよう。

「では、ポーションづくりのご指導をよろしくお願いします」

「ああ。まずは向こうの素材を管理している棚から薬草を取り出して、ポーションを作る準備をしてくれ」

「どこまで準備すればいいですか？」

「そうだな。ミーアがどれくらい作業を任せられていたのか確認するためにも、できる範囲のところまでやってくれ」

「わかりました」

クレイン様の指示を受けた私は、いつもと同じようにポーションの下準備を進める。

まずは桶《おけ》に水と薬草を入れて、傷をつけないように洗う作業だ。

破れやすい葉は軽く撫《な》でるようにして、丈夫な根は強めに力を入れて汚れを落とすことで、ポーションを作る際に不純物が混ざりにくくなる。

こういう些細《ささい》なことを意識するだけでも作業効率が上がり、手荒れを心配する回数も減るので、一石二鳥だった。

「うん。上出来かな」

洗い終えた薬草を布巾で軽く拭いて、余分な水気を取れば、薬草の下処理に取り掛かれる。

「随分と手慣れているものだな」

「ふっふーん、任せてください。これくらいは朝飯前ですから」

少し褒められただけで鼻を高くした私は、作業台の上に薬草を置いて、魔力を流し始める。

ゆっくりと魔力を流した方が薬草に馴染《なじ》みやすいので、焦りは禁物。クレイン様に見守られていたとしても、のんびり作業するくらいの度胸が必要だ。

術者の魔力と薬草の魔力をうまく混ぜ合わせないと、錬金反応が起こりにくくなるらしい。そのため、この作業を頑張った分だけジール様の負担が減らせると思い、何度も試行錯誤を重ねた工程だった。

下準備の作業において、私が一番自信を持っている部分でもある。

「これでバッチリですね」

「……そ、そうだな」

「えっ？　何か問題がありましたか？」

「いや、何も問題はない。逆に問題ないことが問題とも言えるが……。ひとまず、薬草の下処理が良い出来なのは間違いない」

「それならよかったです。じゃあ、次は魔力水の準備をしますね」

少し様子のおかしいクレイン様が気になりつつも、私は棚に置いてある魔力水が入ったボトルと魔導コンロを手に取った。

ポーションづくりに必須といっても過言ではない魔力水は、その名の通り魔力を多く含んだ水である。どこの国でも魔力の豊富な田舎で採取されていて、その地域の貴重な資金源になっているらしい。

そんな魔力水をビーカーに注いで、魔導コンロで人肌くらいまで加熱する。

作業で使ったものを片づけながら、空のポーション瓶を用意したら、すり鉢とすりこぎで下処理した薬草をすり潰すだけだ。

力を入れすぎると下処理で注いだ魔力が壊れてしまうため、力加減に気をつけなければならない。

ゴリゴリゴリ……と、優しい音が出る程度に抑えて、一定のリズムですり潰していく。

薬草の香りがフワッと漂い、薬用成分を抽出できるくらいに形が崩れたところで、ポーションの下準備が終わる。

私にできる作業はここまでだ。

「準備が整いました！」

「……あ、ああ」

「あれ？　なんか、引いてません？」

「気のせいだ。次はポーション瓶の中に、すり潰した薬草と魔力水を入れてくれ」

頬がピクピクしているクレイン様に疑問を抱くが、いよいよ錬金術を教えてもらえるので、些細なことを気にするのはやめた。

クレイン様の指示通り、ポーション瓶を持ち、その中にすり潰した薬草と温めた魔力水を入れる。

「後は簡単だ。魔力を流し込み、それぞれの魔力を融合させろ。スキルで魔力が干渉する領域を展開できれば、自然とポーションが作れるだろう」

「えっ。一番大事なところが曖昧じゃないですか？」

「それ以外に言いようがない。調合領域の展開は補佐してやるから、まずはやってみるべきだ」

急に言われても……と戸惑っていると、ポーション瓶を持つ私の手に、クレイン様の手が重なった。

こういう経験がなくて恥ずかしいと思うのは、私だけだろうか。広い工房内に二人きりというシチュエーションが、余計に変な気持ちにさせるのかもしれない。

そんなことを考えたのも束の間《つかま》、早くもポーション瓶に変化を感じるようになった。僅かにクレイン様の魔力が流れて、魔力水に干渉している。

まるでポーションの作り方を誘導してくれているみたいに緩やかな動きだったので、クレイン様の魔力を見失わないように私も魔力を流し始めた。

手元のポーションを中心に調合領域が展開されたので、うまくいっているように感じられる。ここまでスムーズに領域の展開ができるとは思わなかった。

後は周りから順番に流していって……。うーん、ここはこういう感じかな。いや、もっと魔力を流した方がよさそう。

あっ、魔力水と薬草の魔力が馴染み始めた。だんだんと色合いも変わっていく。

えっ、ちょっと待って！　急にくるじゃん！

錬金術の反応が――――!!

「……うぉぉぉ…………おおお…………おおおおおおお！」

とても貴族令嬢とは思えない魂の叫びが、宮廷錬金術師の工房でこだまする！

「で、できた――――!!」

初めて錬金術でポーションを作成した私は、年甲斐《としがい》もなく大きな声を出してしまった。

信じられない気持ちで胸がいっぱいになり、高鳴る鼓動を抑えきれない。

クレイン様の補佐があったとはいえ、こんなにもうまくいくなんて、思ってもみなかった。

手元のポーションを眺める限り、品質は良好。冒険者ギルドでも普通に買い取ってもらえるほどのポーションが完成している。

「見てください！　品質の良いポーションができましたよ！」

「そうだな。これくらいのポーションが作れるなら、錬金術師として活動できる……というより、していたと言うべきか――」

「ええっ！　私、錬金術師になれるんですか!?」

突然、錬金術師として活動できる、という衝撃的な話を告げられ、私は期待に胸を躍らせる。

クレイン様の口からその言葉が聞けただけでも、感無量だった。

優しい笑みを浮かべてくれるクレイン様が、錬金術の神様のように見えてしまう。

「作ったポーションを見る限り、錬金術師として十分に生きていける。まずは見習い錬金術師として活動するべきだろう」

「嘘《うそ》、じゃないですよね？　クレイン様の下で見習い錬金術師になってもいいんですよね？」

宮廷錬金術師の下で錬金術を学ぶ。それはもう、御意見番として採用された受付嬢ではなく、ちゃんとした錬金術師の卵として扱ってもらえるわけであって――。

「構わない。ポーションの目利きができる人間を助手の仕事だけで縛り付けておくのは、もったいないからな」

夢にまで見た憧れの生活が始まろうとしている。

宮廷錬金術師の助手、兼、見習い錬金術師として活動できるのだ。

「だが、俺は甘くないぞ。錬金術に関しては、厳しく接するつもりだ」

「お願いします！　何でもやりますから！」

「わかった。ミーアの実績にはならないかもしれないが、個人的に受けている依頼を回そう。まずは錬金術に慣れる必要がある」

やったー！　今日から錬金術ができるー！

憧れの仕事ができて、お金ももらえて、休日もある。こんなにも幸せな生活が送れる日がやってくるなんて、夢でも見ているのかと思ってしまう。

錬金術師の道を歩める日が訪れたと思うだけでも、感慨深い思いで胸がいっぱいだった。

「まあ、このポーションを納品するだけでもCランク依頼はこなせる……って、聞いているのか？」

「えっ？　あ、はい。何でしょうか」

「いや、何でもない。それだけ錬金術に憧れていたのなら、作りたいものでもあるのかと思ってな」

クレイン様に問いかけられると、今まで思い描いていた夢物語が走馬灯のように流れていく。

鉱物を形成して指輪やネックレスを作ったり、付与を駆使してランプやコンロの魔導具を作ったり、空飛ぶ絨毯《じゅうたん》を開発したりして……って、さすがにそれは夢を見すぎかな。

ポーション以外のものを作ろうとすれば、対応したスキルを練習する必要も出てくるから、今の私にできることは限られているだろう。

それでも諦めていた夢に手が届いて、浮かれる気持ちが止まらない。錬金術で作ってみたいものが次々に頭をよぎり、すぐに決められるような状態ではなかった。

「心の整理をつける時間をいただいてもよろしいですか？」

「作りたいものが多いのはわかった。まずはその中から最初に挑戦したいものを決めてくれ。ミーアみたいなタイプは、目標に向かって進んだ方が上達しやすいはずだ」

「わかりました。挑戦したいものを考えておきますね」

「ただし、あくまで見習い錬金術師としての話だ。先に助手の仕事をこなしてくれ。工房内の清掃に薬草の在庫管理、機材の点検など、やってもらいたい仕事はいろいろある」

助手の仕事ができずに追い出されるわけにはいかないと思い、私は身を引き締める。

「任せてください。ジール様の下で働いていた時は全部やっていたので、だいたいの要領はわかります」

「薬草や機材の置き場所を変えなければ、好きにしてくれて構わない。研究に必要な薬草の在庫表も作ってある。足りなくなりそうなら教えてくれ」

クレイン様から一枚の紙を受け取ると、薬草の種類と目安の在庫量が記載されていた。

幅広い研究をされているのは間違いなく、かなりの種類の薬草を取り扱っている。

しかし、先ほどポーションを作る時に見た限り、すでに薬草の在庫が不足しているものもあった。

「薬草の仕入れはどうされているんですか？」

「馴染みの店で購入している。本来なら、目利きのできるミーアに買い出しも任せたいんだが……。店を経営しているオババがかなり偏屈なんだ。俺が顔を出さないと売ってくれそうにない」

薬草を販売している偏屈なお婆《ばあ》さんといえば、広い王都でも一人しかいない。

気に入らないと客を追い出し、すぐにぼったくろうとする問屋のお婆さん、バーバリル様。通称、オババ様だ。

幅広い種類の薬草を取り揃えていて、品質も良いものが多いため、宮廷錬金術師の馴染みの店と聞いても納得がいく。

「オババ様の店であれば、買ってきますよ。仲はいいので」

「ミーアは人当たりがいいかもしれないが、さすがにオババと仲良く……ん？」

「ユニークな方ですよね、オババ様。たまに手作りのよもぎ餅をお土産にくださるんですけど、それがとてもおいしいんですよ」

「ちょっと待て。情報量が過多で頭がパンクしそうだ。いったん整理させてくれ。確かにオババは甘いものに目がないが、よもぎ餅をもらう……だと？」

よもぎ餅をもらった話をしただけなのに、そんなに驚くことだろうか。情報量はかなり薄いはずなんだけど。

「西側の大通りから少し入ったところにある、薬草や鉱物を取り扱う問屋のオババの話で間違いないな？」

「はい。ジール様の下で助手をしていた時は、いつもそこへ買い出しに行っていました。数年ほど付き合いがあるので、問題ないと思います」

「それなら薬草の在庫管理は一任しよう。ぼったくられないようにだけ注意してくれ」

……オババ様、クレイン様からもぼったくろうとしていたのかな。もしかしたら、宮廷錬金術師は金払いがいいと思い、割り増しで請求していたのかもしれない。

「もう一つ。ついでになるが、さっき俺が作っていたポーションをオババに納品してほしい」

「わかりました。じゃあ、明日は在庫が少ない薬草を買ってきてから出勤しますね」

「頼む」

納品するポーションを受け取った私は、宮廷錬金術師の助手になれた喜びを噛《か》み締めていた。

ポーションの下準備から納品まで、今までこなしてきた通りに仕事をすれば、うまくやっていける気がする。

今度は冒険者ギルドの仕事と兼業じゃない。見習い錬金術師として、再び錬金術の世界に足を踏み入れるんだ。

新生活を気持ちよくスタートさせるためにも、まずは身辺整理をして、早く正式に婚約を破棄しないと。

だって、こんな幸せな生活、絶対に手放したくないから。

その日の夜。仕事が終わって帰宅した後、婚約破棄の書類を作成していると、珍しくお父様から呼び出された。

私が浮気された話は広まってしまっているので、耳に入ってしまったのだろう。事情があったとはいえ、相談もしないで婚約破棄を決意したのは、さすがにマズかったかもしれない。

勇気を振り絞って書斎を訪ねると、腕を組んで険しい表情を浮かべるお父様が椅子に座っていた。

昔は王国の副騎士団長として活躍し、子爵家であることを誇りに思うお父様は、貴族の名誉を重んじる傾向にある。

現役時代は鬼神と呼ばれ、現在は騎士の育成に関与する鬼教官と呼ばれているので、家族の私でさえ怖い印象しか持っていなかった。

「座れ」

口数が少なく、用件しか言わないところが、また一段と怖い。普段は避けていることもあり、年に数回しか会話しないような関係だった。

「失礼します」

よって、私はよそよそしい。家族に接しているとは思えないほど、礼儀正しく振る舞っている。

もちろん、昔からぎこちない関係だったわけではない。子供の頃は両親と兄がいて、もっと明るい家庭だった。

でも、母が病気で亡くなり、兄が騎士団に入隊して寮生活になると、自然と心の距離が開いていった。

最後に話したのはいつ頃だろうか、と思いながら優雅な一礼をした後、ゆっくりと椅子に腰を下ろす。そして、机の上に置かれているものを見て、驚愕《きょうがく》した。

なんと、婚約破棄に関する書類が並べられているのだ。

それも、すでにボイトス家の署名済みのものが、である。

「説明しろ」

冷や汗が止まらない。ここに婚約破棄の書類があるということは、ジール様がお父様に渡したことを意味している。

まさか浮気したジール様の方から、婚約破棄の書類を差し出されるとは思わなかった。

ただでさえ言い出しにくい話だったのに、どうやって説明したらいいんだろう。

もっと早く報告ができたら、こんなに重い空気にはならなかったかもしれない。しかし、騎士団で泊まり込みの訓練があったお父様は家を留守にしていたので、報告できずにいた。

わざわざお父様の職場を訪れ、婚約破棄を伝えるわけにはいかないと思っていたんだけど、考えが甘かったらしい。

ボイトス家から婚約破棄を申請されるくらいなら、迅速に対応すべきだった。

針でブスブスと刺されているような気持ちになった私は、素直に状況を説明する。

「二日前、冒険者ギルドの倉庫で、ジール様が他の女性と浮気している場面に出くわしてしまいまして……」

「それで婚約破棄に至ったというわけか」

「悪びれる様子もなかったため、つい婚約を破棄すると伝えてしまいました」

絶対に雷が落ちる……！　と思った私は、目をギュッとつぶって身構える。

「わかった」

ところが、拍子抜けするくらいにはアッサリと受け入れられてしまう。

目をパチパチとさせて様子をうかがうが、お父様は相変わらず腕を組んだままだった。

なんでこんなに平和なんだろう。思っていた感じと違う。婚約破棄なんてみっともない真似を、お父様が許すはずないのに。

もしかしたら、これが嵐の前の静けさというやつかもしれない。無言で書類を読み込むお父様は、人から鬼へと変わろうとしているに違いない。

手に終えない存在に変わる前に、先制の謝罪攻撃で怒りを鎮めるべきだ。

椅子から立ち上がった私は、深々と頭を下げる。

「ホープリル家の名を傷つけてしまい、申し訳ありませんでした」

「ん？　お前がどう傷をつけたんだ？」

へっ？　と間抜け面で顔を上げた私は、本日二度目の肩透かしを食らった。

「えっと、婚約者に浮気されて良からぬ噂が流れると、子爵家の印象が悪くなります……よね？」

「聞き方を変えよう。お前が悪さを働いたのか？　子爵家の名誉を傷つけるような行為をしたのか？」

「……いいえ」

「そうだ。我がホープリル家の名誉は傷つけられたのであって、お前が傷つけたわけではない。謝る必要はないだろう。むしろ、婚約を決めた俺が謝罪するべきだ。本当にすまないことをした」

自分の耳を疑った。あの頑固なお父様が、私に謝罪したのだから。

「現役で戦場に出ていた頃、ボイトス伯爵のポーションには何度も命を助けられてな、縁談の話を断りきれなかったんだ。不甲斐ない父を許してくれ」

今度は目を疑った。鬼みたいな印象しかないお父様が、頭を下げているではないか。

私にとっては、婚約者が浮気したのと同じくらいあり得ない光景である。

当然、そんな光景を目の当たりにすれば、慌ててしまうのも無理はないだろう。

「いえ、あの、私は怒っておりません。このような事態に陥ったのは、婚約者の心を引き留められなかった私にも過失があると思います。本当に申し訳ありませんでした」

「過失などあるものか。ずっと見守ってきたお前の姿を見ていれば、それくらいのことはわかる」

そう言ったお父様が引き出しから取り出した書類は、婚約証書ではなく、ホープリル家のサインが入った二枚目の婚約破棄の申請書だった。

「お前が一度でも弱音を吐いたら、慰謝料を払って婚約破棄しようと決めていた。貴族として生きるべきか、一人の父親として生きるべきか、悩まない日はなかったよ」

真新しい書類だったら、私はお父様を疑っていたかもしれない。でも、何度も取り出したとわかるように指の跡が残っているのだから、本当のことなんだろう。

口数の少ないお父様なりに、私のことを心配してくれていた。その事実に何とも言えない気持ちが芽生えてくる。

「正直なところを申しまして、お父様を説得しなくて済んで、ホッとしています。婚約破棄の書類もあるのなら、無事に話が進みそうで何よりです」

「いや、改めて書類は作り直す。ボイトス伯爵令息が持ってきた書類には、慰謝料が記載されていない」

一瞬、お父様の言った言葉の意味がわからなかった。しかし、書類を確認すると、そのままの意味だったと理解する。

慰謝料の項目に、斜線が引かれているのだ。

ええー……。正当な話し合いで婚約破棄したと処理するつもりなのかな。いや、浮気した自分が悪いと認識していないからこそ、私を捨てたとアピールしたいのかもしれない。

お前なんてこっちから願い下げだ、という意味があるんだろう。早急に婚約破棄の書類を渡してきたのも、陥れようとしていると考えたら、納得がいく。

そんなジール様に慰謝料を請求したら、泥沼の騒動になるのは間違いない。

クレイン様が助けてくださった意味がなくなるし、幸せな新生活を守るためには、目をつぶるしかないか……。

「こちらの書類で構いません。慰謝料は請求しない形にさせてください」

「何を言っているんだ。お前の経歴にも影響するんだぞ。慰謝料を請求しなければ、自分に非があったと認めるようなものだろ」

お父様の言い分はまっとうであり、慰謝料をかけて争うのが一般的だ。お金を取るというより、どこまで名誉を守れるかが焦点になる。

でも、今回の場合は違う。クレイン様の力添えがあり、すでに名誉は守られているのだから、無駄な争いをする必要がない。

「実は、宮廷錬金術師の助手になるお話をいただきました。本日から雇っていただき、正式に契約させていただいております。なので、婚約破棄で揉《も》めたくありません」

「宮廷錬金術師の助手……？　ボイトス家で働いた経験があるだけでは、難しいだろう。いったい誰が打診してきたんだ？」

「オーガスタ侯爵家のクレイン様です」

ポッカーンと大きな口を開けるお父様を見るのは、これが生まれて初めてのこと。

私も助手の話を打診された時は、こんな風に間の抜けた顔になっていたのかもしれない。

「どうしてそうなった？　彼は宮廷錬金術師の最年少記録を大幅に塗り替えた天才だぞ」

「普通にしていたつもりなんですが、なぜか評価されてしまいました。すでに冒険者ギルドで騒ぎになりましたし、見習い錬金術師としても働かせてもらえることになりましたので、このまま平穏な日々を迎えたいと思っております」

お父様の頭で理解できる範疇《はんちゅう》を超えたのか、大きなため息をついた後、机に顔を伏せてしまった。

婚約破棄とは比較できないほどの良いニュースではあるものの、当事者の私でもよくわかっていないのだから、お父様が混乱するのにも納得がいく。

なぜだ。どういうことだ。考えてもさっぱりわからない。と思っているのは、間違いない。

私も同じ道を通ったので、お父様の気持ちが手に取るようにわかってしまう。

これが事実であると受け入れることができれば、今後はどう対応するべきなのか、すぐに結論が出るだろう。

しばらく悩んだ末、お父様は息を吹き返したように座り直した。

「オーガスタ侯爵令息の意図は不明だが、何か思うところがあったんだろう。彼ほど頭脳明晰《めいせき》な人間は、見たことがない」

「確かにそうですね。昨日までの悪い噂を、あっという間に良い噂で上書きしてくださいました」

「そういったことであれば、慰謝料の請求はやめておこう。憎らしいが、ボイトス家とは早急に縁を切ることを優先する」

「よろしくお願いします。私ももう、ジール様と関わるつもりはありません」

「わかった。念のため、付き合いのある貴族には手紙を出しておくぞ」

すぐにテキパキと動き、手紙を書き始めるお父様を見て、私は不思議な感情を抱いていた。

なんだか、本当の家族みたいだ。いや、本当の家族なんだけど。

「あの～。お父様って、私のことが嫌いじゃなかったんですか？」

「……女性の扱いが苦手なだけだ。娘とはいえ、未《いま》だに何て呼べばいいのかわからん」

「いや、そこは呼び捨てでいいかと」

「呼べるなら呼んでいるだろ。早く行け。作業の邪魔だ」

顔を合わせようとしないお父様を見て、本当に不器用な人なんだと認識を改めることにした。

今はまだぎこちない関係かもしれない。でも、これから少しずつ距離を縮めていけたら、もっと家族らしく接することができる日も出てくるだろう。

亡くなったお母様のためにも、もう少しお父様に歩み寄ろうと、私は心に決めるのだった。

幕間　疑惑のポーション（Side：ジール）

ミーアが父親と婚約破棄について話し合っている頃。

久しぶりに錬金術ギルドを訪れたジールは、受付カウンターでギルドカードとポーションを差し出した。

「Bランク錬金術師の昇格試験用ポーションを提出しに来た、ジール・ボイトスだ」

「ああー……、あのジール様ですね……」

本来なら『若くしてBランク錬金術師の昇格試験を受けるあのジール様』と、認識するだろう。

しかし、受付嬢の軽蔑するような眼差《まなざ》しは、それとは違った。

この王都で悪い噂《うわさ》が流れているあのジール様、なのである。

幸か不幸か、錬金術ギルドにジールが足を運ぶのは、Cランク錬金術師に昇格して以来、これが初めてのこと。いつもポーションを納品する際は、ミーアが代わりに足を運んでいたため、錬金術ギルドでの印象も最悪だった。

——まったく。どいつもこいつも馬鹿にしやがって。悪いのはホープリル家だと噂を流したはずなのに、どうして俺が悪者扱いされなきゃいけないんだ。

ミーアとの騒動があったその日、すぐさまジールは金を使い、彼女の悪い噂を流している。ところが、実際にジールの耳に入ってくる情報はそれとは違い、すべて自分の悪い噂だった。

人の心を持たない最低の男だの、ボイトス家は落ちぶれただの、遊んでばかりの浮気男だの。挙句の果てには、捨てられたのはジールの方、と言われ始めているのだから、我慢できるはずもない。

「何か文句でもあるのか？」

思わず、ジールは受付嬢を睨《にら》みつけた。

「い、いえ、そういうわけでは……」

「それならグダグダ言わずに早く手続きしろよ！　俺は暇じゃねえんだよ！」

ジールは平然とした態度を取っているつもりだが、焦る気持ちを隠しきれていない。言葉がとげとげしく、苛立《いらだ》ちを表すように受付台をトントンッと指で軽く叩《たた》き始める。

豹変《ひょうへん》したジールに怯《おび》える受付嬢が急いで手続きを始めると、ギルドの奥から一人の老人が近づいてきた。

その人物を見て、ハッと我に返ったジールは、背筋をビシッと伸ばす。

「婚約破棄したと噂になっているが、大丈夫なのかね」

錬金術ギルドのギルドマスターである。

わざわざギルドマスターが受付カウンターに足を運び、話しかけてくる機会など滅多にない。ジールが直接言葉を交わしたのも、これが初めてだった。

やはり自分は一目を置かれている錬金術師で間違いない、そう思うには十分すぎる出来事だろう。

「出鱈目《でたらめ》な噂ばかりで困っていますが、仕事とプライベートは分けていますので、問題ありません。

俺、いつでも冷静なんで」

「君のことなど心配しておらん。錬金術の腕が落ちないか、と聞いておる」

「……どういう意味ですか？」

「錬金術師の活動を始めた時から、婚約者を助手にしていたのであろう？　彼女の手助けなしで、錬金術ができるのかね」

ギルドマスターに言われた言葉の意味を、ジールはうまく理解できなかった。

婚約者だったのなら、作業を手伝うのは当たり前のこと。自分の錬金術とは、何の関係もない。

「ちょっとした雑用を手伝わせていただけです。今まで納品したものは、すべて俺の実力ですよ」

「自信を持つのはいいことだが、決して慢心するでないぞ。錬金術はシビアなものであり、助手が代わるだけでも影響を及ぼす者が多い。魔力を使った作業を任せていたとしたら、致命的な影響が出かねん」

真剣な表情で訴えかけてくるギルドマスターを見て、ジールの心は震えていた。

ミーアに錬金術の雑務を教えてやったのは、自分だ。悪影響など出るはずがない。むしろ、すべて自分で作業すれば、品質が向上するに決まっている。

ギルドマスターが注目している今、人生最大のチャンスが訪れているのだ。

「あまり俺を笑わせないでくださいよ。今日が昇格試験用のポーションの最終受付じゃなかったら、もっと良いポーションを納品できました」

「早くも言い訳かね」

「いえ、純粋な事実です。次回のポーションの納品で、あっと驚かせて差し上げますよ」

「別の意味で驚かなければいいんだがな」

ギルドマスターと会話している間に、昇格試験の手続きが終わると、ジールは意気揚々と錬金術ギルドを後にした。

鋭い目つきでジールの作ったポーションを見つめる、ギルドマスターに気づくこともなく……。

ぼったくりのオババ様

爽やかな朝を迎えた翌日、私は両家のサインが入った婚約破棄の書類の控えを届けるため、ボイトス家の屋敷に足を運んだ。

ジール様と顔を合わせたくないので、使用人の方に書類を渡して帰る予定だったのが、運がない。ちょうど出かけるところみたいで、ジール様とカタリナが屋敷から出てきてしまう。

仲睦《なかむつ》まじい二人の姿を見る限り、やっぱり夜遊びではなく、本気で浮気をしていたに違いない。同じ屋敷から出てきた時点で、一緒に暮らしていると言っているようなものだ。

すでに決定的な浮気現場を目撃しているので、二人の関係に驚きはしないけど。

ひとまず隠れてやりすごそう、と思ったのも束《つか》の間《ま》、すぐにジール様に気づかれてしまう。

代理人を立てて書類の受け渡しをすればよかった……と後悔しても、もう遅い。何を思ったのかわからないが、二人は意気揚々と近づいてきて、ドヤ顔を向けてきた。

「何か用か、ミーア。先に言っておくが、今頃泣きついてきても遅いぜ。お前の居場所は、もうここにはないんだからな」

「残念ですね～、先輩♪　ジール様の隣は、私で埋まっちゃいましたー」

ジール様とカタリナが嬉《うれ》しそうに話しかけてくるけど……、どうしよう。未練もなければ、まったく羨《うらや》ましくもない。

心から別れてよかったと思っている影響か、仲良くする二人の姿を見ても、興味が湧かなかった。

むしろ、ここに私の居場所がなくなったと知れて、嬉しさが込み上げてくる。

「私はすでに新しい生活を始めておりますので、気になさらないでください。二人が幸せそうで何よりです」

今朝は薬草の買い出しに行く予定があるため、適当に二人の話を聞き流して、早く用件を済ませたい。でも、なかなかそうも言っていられない状況だった。

ジール様とカタリナの口元がニヤリッと歪《ゆが》み、意地の悪そうな顔になる。

「よく言うぜ。あんなに恥ずかしいデマを流すほど悔しかったくせによ」

「デマ、ですか？」

身に覚えのないことを言われ、私は首を傾《かし》げた。

厳格なお父様のいるホープリル家が、デマなんて流すはずがない。ましてや、今回の婚約破棄騒動においては、機転を利かせてくれたクレイン様のおかげで状況が一変している。

わざわざクレイン様の顔に泥を塗るような真似をする必要はなかった。

しかし、二人は変な噂《うわさ》でも聞いたらしく、私が汚い手を使ったと確信しているみたいだ。

「宮廷錬金術師クレインの助手になった、なーんて子供でもわかる嘘《うそ》のことに決まってるだろ」

「ミーア先輩、さすがにあれは恥ずかしすぎますよ〜。どうせなら、もっとマシな嘘をついてください。騙《だま》せないと意味がないですから、ぷぷぷっ」

二人が馬鹿にするように笑い始めるが、それは紛れもない事実である。

騙すつもりもないんだけど……あれ？　カタリナは冒険者ギルドで働いているのに、クレイン様に引き抜いてもらったことを知らないんだっけ。

ああ。そういえば、あの時は貴族依頼を適当に処理していたことがギルドマスターに知られて、別室で説教を受けていたんだった。

クレイン様とのやり取りを直接見ていないから、私が嘘をついていると思い込んでいるんだろう。

わざわざ二人に報告する必要はないと思うけど、言わない方がややこしくなるかもしれない。

一応、ちゃんと報告しておこう。

「残念ながら、その噂は嘘ではありません。今後はクレイン様の下で、助手として働きながら、見習い錬金術師として活動することになりました」

純粋な事実を伝えたはずなのに、私の言うことを二人が信じる様子はない。

逆に言い訳していると受け取られたみたいで、大きなため息をついて、呆《あき》れられてしまった。

「哀れな女になったもんだな。俺に振り向いてもらいたくて、必死に嘘を並べるようになるとは」

「もう、ジール様ったら～。先輩は最初から哀れな女じゃないですか～」

「それもそうか。もっと現実に目を向けていたら、俺と婚約破棄するなんて馬鹿な真似をするはずがないからな」

蔑《さげす》んでくる二人には申し訳ないが、私よりも現実に目を向ける必要があるのは、そっちではないだろうか。

周囲の視線が厳しくなる前に浮気した自覚を持たないと、哀れな姿を晒《さら》し続けることになりかねないというのに。

何を言っても信じてもらえないから、彼らの暴走を止める術《すべ》はないけど。

その証拠と言わんばかりに、ジール様が渾身《こんしん》のドヤ顔を向けてくる。

「いいか？　耳の穴をかっぽじってよく聞け。宮廷錬金術師っていうのはな、俺みたいなエリートがなる職なんだよ！」

シーンッと、王都が静寂に包まれた気がした。

少し前の私なら、錬金術ギルドの評価を鵜呑《うの》みにして、納得していたかもしれない。

でも、クレイン様の錬金術を見た以上、ジール様が宮廷錬金術師になる可能性は限りなく低いと断言できる。

だって、次元が違うと感じるほど、二人の錬金術には大きな差があるのだから。

思わず、ムリムリムリムリムリ、と言わんばかりに手を横に振ってしまう。

「夜遊びに励まれている方では難しいと思いますよ」

仮に錬金術の技術があったとしても、錬金術に対する姿勢を見れば、ジール様は相応《ふさわ》しくない。

それなのに、どうして本気でなれると思っているんだろう。自信に満ち溢《あふ》れたジール様は、私のことを鼻で笑った。

「ふんっ、本当のことを言ってみろよ。俺に錬金術で本気を出されたくないんだろ？」

「ん？　本気？」

あんなにも必死に調合していたのに、本気を出していなかった、などという子供みたいな言い訳が通るはずがない。

顔を歪め、ぜえぜえと息が乱れ、大量の汗を流していたジール様の本気の錬金術とは……！

全然たいしたことなさそうである！　なんでそんなに自信満々なのか、サッパリわからない！

「今までどれだけお前が足を引っ張っていたか、俺の本気の錬金術で証明してやるよ」

「謝ってももう遅いですよ～、先輩。ジール様が本気を出したら、すぐに宮廷錬金術師になっちゃいますからね」

「その時、隣にいるのはお前じゃない。カタリナだ」

「いや～ん。大好きです、ジール様～」

周囲の目を気にすることなくイチャイチャする二人を見て、私は思った。

何を見せられているんだろう。そして、なぜ私が悪者にされているんだろう、と。

この二人に関わる時間が増えるほど、不要なトラブルに巻き込まれそうな気がする。当初の予定通り、婚約破棄の書類を手渡して、もう関わらないようにしよう。

嫌気が差した私は、コホンッと軽く咳払《せきばら》いをして、二人の注意を引いた。

「本日、ボイトス家に伺った用件をお伝えします。ホープリル家で正式に婚約破棄を受理しましたので、ジール様に控えの書類を渡しに来ました。こちらをどうぞ」

手に持っていた書類を差し出すと、ジール様はイラッとした表情を見せた。

これまでの話から推測する限り、婚約破棄の書類を突き付けた時点で、私が泣きつく姿を想像していたに違いない。それなのに、アッサリと対応されて、腹を立てているのだ。

ひったくるように書類を奪う姿を見れば、そのことがよくわかる。

「余裕でいられるのも、今のうちだぞ！　今日から俺は、本格的に錬金術を始めるんだからな！」

今まではなんだったのか、そう問いたいが、グッと我慢する。

「そうですよ～、先輩。宮廷錬金術師の助手になれないからって、嫉妬しないでくださいねー」

私はすでに宮廷錬金術師の助手なんだけど……と言いたいが、それもグッと我慢する。

「ねえ、早く行きましょうよ。ジール様」

「そうだな。哀れな女と話している暇はない」

そして、出かけるために歩き出した二人に向けて、いってらっしゃい、と言わんばかりに会釈をした。

幸せな未来が確定している私にとって、二人の戯言《たわごと》なんて些細《ささい》なこと。婚約破棄の書類を受け取ってもらった時点で、ジール様と縁が切れたんだから、腹を立てる必要はない。

しかし、最後の置き土産でもあったのか、ジール様はわざわざ大きな咳払いをした。

「やっぱりミーアの残していった薬草は、全部処分して正解だったな」

「当然ですよ～。妄想癖のある先輩の下処理した薬草で、良質なポーションなんて作れませ～ん。ぜ～んぶ捨てて正解でしたねー」

突然、とんでもないことを言い放った二人の言葉に、さすがの私も戸惑いを隠せなかった。

あれは騎士団との大型取引に使う大事な薬草であって、粗末に扱ってもいいものではない。ポーションを作って生計を立てている錬金術師だったら、薬草のありがたみを理解していない方がおかしいだろう。

「ちょっと待ってください。薬草の処分はやりすぎだと――」

「ほらな。やっぱり焦ってたんだぜ。哀れだよなー」

「あんまりいじめちゃったら可哀想《かわいそう》ですよ〜」

ようやく私が取り乱したことに満足したのか、二人は振り返ることもなく、王都の街並みに消えていった。

休日を返上して丁寧に薬草を下処理したのに、なんてことを。罰《ばち》が当たっても知らないんだから。

まあ、私の下処理した薬草が原因でトラブルにならない、という意味ではよかったのかもしれない。本当にこれで、綺麗《きれい》サッパリ縁が切れたのだ。

そう気持ちを切り替えて、私は薬草の買い出しへと向かうのだった。


王都の西側の大通りを進んで、オババ様の店を目指して歩いていると、突然、二人の男女の悲鳴が聞こえてきた。

身の危険を敏感に察知した私は、巻き込まれないようにサッと身を隠す。

「こんな店、二度と来るか！　クソババアめ！」

「マジムカつくんですけどー！」

関わらないと決めたばかりのジール様とカタリナが、目的の店に買い出しに来ていたのだ。

気難しいと言われているクレイン様にも『偏屈』と言われる、オババ様の店に……！

僅《わず》かな時間で嫌われたジール様とカタリナが、店を追い出されたのは間違いない。去り際に暴言を吐いてしまったことで、怒りに満ちたオババ様を店から引きずり出すほどの騒ぎになっていた。

黒いローブを着た年配のお婆《ばあ》様で、髪の毛は真っ白。少し腰を曲げながらもスタスタと歩き、手に持っていた丸い球をジール様とカタリナに投げつける。

「あんたらみたいなガキより、カメムシの方がマシだよ！」

その丸い球が破裂し、ばふんっ、と緑色の煙が立ち昇るところを見て、私は絶対に巻き込まれないように遠くへ避難した。

あれは招かざる客を撃退する、オババ様お手製の特殊アイテムの一つ『臭束弾《しゅうそくだん》』。濃厚なカメムシのニオイが鼻腔《びこう》にこびりつき、鼻呼吸ができなくなるという恐ろしいアイテムである。

ぶつけられた二人の悶絶《もんぜつ》する顔を見れば、どれほどの精神的ダメージを負うかよくわかるだろう。

「おえぇっ。く、くっせ……」

「うえぇ～。このババア、人としてやばくな～い？」

文句を言う二人に対して、オババ様が二つ目の臭束弾を構える。その瞬間、ジール様とカタリナはものすごい勢いで撤退した。

必死の形相だったため、私の存在に気づくことはなかっただろう。

カメムシパワー、恐るべし……。

フンッ、と鼻を鳴らしたオババ様が店に戻っていったので、私も後を追いかけるように入店する。

ヒノキと薬草の香りが漂う建物で、どこか懐かしい気持ちにさせてくれるオババ様のお店。

まだご立腹のオババ様が床をドンドンッと鳴らして歩いていなければ、癒《いや》し空間にもなる隠れ家的な店舗だと思う。

「おはようござ――」

「しつこいねえ！　まだ用が……おや、あんたかい。すまないね、さっきまで生意気なクソガキ共が来ていたんだよ」

「いえ、大丈夫です。追い出すところを見ていましたので」

はあ～……と大きなため息をつくオババ様は、彼らに呆れ果てているみたいだ。

偏屈なオババ様と自分勝手なジール様の性格を考慮すると、二人が意気投合するはずがない。

おまけに火に油を注ぎそうなカタリナまでいたんだから、店に入ってすぐに喧嘩《けんか》する騒ぎになったことくらいは、容易に想像がつく。

「あんな出来損ないがCランク錬金術師とは、錬金術ギルドも落ちぶれたもんだよ。あんたもそう思うだろ？」

「あははは……」

横柄な態度を取る錬金術師が来店したら、そう言いたくなるオババ様の気持ちもわかる。

かといって、安易に同意するわけにもいかなくて、乾いた笑いで誤魔化《ごまか》すしかなかった。

見習い錬金術師になったばかりの私が、錬金術ギルドを敵に回すような不用意な発言はできない。

また変な噂が流れれば、ホープリル家の名誉を傷つける恐れもある。

いくら相手が慣れ親しんだオババ様とはいえ……いや、偏屈なオババ様だからこそ、細心の注意を払うべきだ。

揚げ足を取られないように気を引き締めていると、オババ様の顔つきがコロッと変わる。少し毒を吐いたらスッキリしたみたいで、随分と表情が柔らかくなっていた。

「ところで、今日は何の買い出しだい？」

どうやらいつものオババ様に戻ったらしい。ぼったくりをすることが趣味みたいな方なので、それはそれで気をつけようと思う。

「薬草が不足していたので、ポーションの素材を買いに来ました」

「おや、この間も買っていったばかりだろうに。失敗でもしたのかい？」

オババ様が疑問を抱くのも、無理はない。数日前にオババ様の店で大量に薬草を購入して、ジール様の工房で下処理したばかりだった。

その薬草はさっき追い出したばかりのジール様に捨てられたなんて、口が滑っても言えない。

「実は勤務先が変わりまして。昨日からクレイン様の助手として働いています」

「クレイン……。クレインとな？　はて、いったい誰だったか。人の名前を覚えるのは、どうにも苦手でねえ」

「えーっと、宮廷錬金術師のクレイン・オーガスタ様です」

「ああー、オーガスタんとこのせがれかい。そういえば、そういう名前だったような、そうでないような……」

どうやら顔と名前が一致しないらしい。思い返せば、何年も付き合いがある私も、名前で呼ばれたことは一度もなかった。

「まあ、名前なんてどうでもいいさ。この世の中、面白いかどうかが大事だからねえ。イーッヒッヒッヒ」

こういう割り切った考え方をしているのは、とてもオババ様らしい。人を身分や地位で判断せず、独断と偏見で付き合う人を決めているのだ。

一度仲良くなったら、冗談を言えるくらいの関係は築けるので、気軽に接しても問題ない。

個性豊かなお婆ちゃん、という印象だった。

「変なことには首を突っ込まないでくださいね。もういい年なんですから」

「年寄り扱いをするんじゃないよ、まったく。まだ九十二歳だ」

「十分な年齢ですよ。はい、こちらがクレイン様に頼まれていたポーションです」

クレイン様に頼まれていたお使いを済ませると、オババ様はニコニコしてポーションを受け取ってくれた。

「おやおや、悪いねえ。早く届かないものかと楽しみに待っていたんだよ」

「そうだったんですね。あまり詮索《せんさく》するべきではないと思うんですけど、どこか具合が悪いんですか？」

「大したことはないさ。ちょいと老眼が進んでしまってねえ」

年寄り扱いをするな、と言った人とは思えない発言である。

「体の方が正直みたいですね。老体の自覚があるのなら、お大事にしてください」

「言うようになったねえ。あんたもそのうち同じ気分を味わうようになるよ」

「まだ遠い未来のことを考える余裕はありません。オババ様のように長生きできることを祈っておきます」

「イーッヒッヒッヒ。歯が丈夫で、病気もせず、元気に動けるも付け足しておきな」

「老眼だけ進んでしまったことが悔やまれますね」

まだまだ長生きしそうなオババ様を横目に、私は買い出しをしようと店内の商品を見せてもらうことにした。

オババ様の店は豊富な品が揃《そろ》っていて、鮮度の良いものや珍しい品が並ぶため、目移りしやすい。余分なものを買うわけにはいかないが、店内の隅々まで確認するようにしている。

普通の感覚であれば、店主のいる前でじっくりと見て回り、素材を厳選するなんて、なかなか難しいかもしれない。

でも、オババ様は納品したばかりのポーションを店内で飲み干すほど自由な人だから、私も遠慮なく過ごすことができていた。

「カァァァァ！　相変わらずマズいポーションだねえ！」

「ポーションとは、そういうものですよ」

「もう少しマシな味にしろと言っておきな」

「無理なものは無理です。我儘《わがまま》は言わないでくださいね」

「なにさ。年寄り扱いの後は、子供扱いかい？」

「いいえ、最初からお年寄り扱いです」

「ケッ。可愛《かわい》げがなくなっちまったもんだよ」

「話し相手ができて嬉しい、と受け取っておきますね」

なんだかんだで寂しがり屋のオババ様はおしゃべりが好きで、こうしていろいろと声をかけてくださる。

しかし、ピッタリと張り付くようにマークして、さりげなく変な薬草や鮮度の悪い薬草を渡されることもあるので、注意は必要だ。

オババ様のぼったくりテクの一つ『押し付け在庫処分』である。

「オババ様、右手に持っている薬草を置いてください」

「何を言ってるんだい。あんたのためを思って特別に残しておいてやったのに」

「捨て値でいいなら買いますよ」

「チッ、うまくいかないもんだねえ」

顔をしかめたオババ様は、私に売りつけることを諦める。そして、鮮度の良い薬草と悪い薬草を集めて、一つの束を作り始めた。

ぼったくりテクの一つ『セット売り販売』である。

見えにくいところに鮮度の悪い薬草を隠すあたり、確信犯だと言えよう。

「そういえば、あんたも聞いたかい？　なんでも結婚寸前で浮気した貴族がいるらしいよ」

唐突に自分に関わる話題を振られた私は、思わずドキッとした。

さすがに、それは私の元婚約者のことです、とは言いにくい。まさかその当事者を相手に話しているとは、オババ様も思っていないだろう。

ここは他人のふりをして、無難にやり過ごした方がいいのかもしれない。

「貴族の噂をよくご存知ですね」

「面白そうな話だからねえ。浮気して婚約者に捨てられた男なんて、みっともないったらありゃしないよ」

どうやら宮廷錬金術師の助手になった噂が広まったことで、もともとあった婚約破棄の噂に影響を与えたらしい。

冒険者ギルドで可哀想な視線を向けられていた時は、あくまで私が捨てられたような印象だった。

それなのに、知らないうちに立場が逆転しているなんて。

「噂の詳細は聞いていませんでしたが、女性側が捨てた側の立場なんですね」

「イーヒッヒッヒ。そこが面白いのさ。平民ならまだしも、貴族の男が女に捨てられるなんてね。一度でもいいから、その面《つら》を拝んでやりたいもんだ」

もう見ていますよ。その浮気した張本人は、強烈なカメムシのニオイがする臭束弾の餌食になりましたから。

成敗していただき、ありがとうございます……！

「おまけに、男の良い噂が一つも流れてこないんだよ。これは何か裏があると思わないかい？」

「うーん、難しい話ですね。意外に裏はないのかもしれません」

ジール様のことだから、意図的に自分の良い噂を流しているはずだけど、逆効果になっているんじゃないかな。悪あがきっぽく受け取られて、余計に印象が悪くなっているだけのような気がする。

さすがにそんなことは言えないので、代わりにオババ様に素敵な情報を教えてあげよう。

「私の知る限りの話ですが、女性側は慰謝料の請求を放棄する代わりに、早くも婚約破棄を成立させたらしいですよ」

「おや、あんた情報が早いねえ。それは初耳だよ」

「今朝、聞いたばかりの最新情報ですからね。もう縁を切ったから関わりを持たない、そういうスタンスらしいです」

これはオババ様が噂を広めてくれるとありがたいなー、という希望を込めた情報提供でもある。

「最近の子は詰めが甘すぎるよ。馬鹿な貴族なんて、没落するまで叩《たた》きのめしたらいいのさ」

「なかなかそうもいかないのが、貴族付き合いというものじゃないですか」

「つまらない生き物だねえ。そんな人生のどこが楽しいんだか」

「まあ、今が楽しければいいと思いますよ。きっとその令嬢も婚約破棄して喜んでいますから」

その証拠と言わんばかりに、煌《きら》びやかな鉱石を発見した私は、猛ダッシュで近づいていく。

店内に置かれた大きな籠《かご》の中にドッサリと入っているのは、魔力を帯びた鉱石『魔鉱石』だった。

錬金術で使われる一般的な鉱石ではあるものの、その中に含まれている魔力はマチマチで、品質にばらつきが生じやすい。鉱山が近い地域でなければ、価値の高い魔鉱石は滅多に出回らなかった。

しかし、オババ様の店に置いてあるものは、とても綺麗な魔鉱石である。これだけ魔力が豊富な魔鉱石は、高値で取引されるのが普通だろう。

こういう商品をぼったくり価格で販売すればいいのに、なぜかオババ様は通常価格で販売していることが多かった。

「あんた、やっぱり見る目があるんだねえ。パッと見ただけで魔力の有無を判断できるのは、なかなか珍しいんだよ」

「慣れの問題だと思っていたんですけど、似たようなことをクレイン様にも褒められましたね」

まさか御意見番として雇ってくださるほど、珍しい能力だとは思いませんでしたけどね。

そういえば、クレイン様に作りたいものを考えておくように言われていたんだっけ。せっかく良質な魔鉱石に出合えたんだし、これを使ったアイテムを作るのがいいかもしれない。

鉱石を変性させることができれば、武器や防具などが作れるけど、どうせなら身につけられるものがいい。初めて作るものはアリスにプレゼントしたいから、ネックレスを作ってみようかな。

個人的な目的で作るとなれば、宮廷錬金術師の予算からは落とせないが。

「何を悩んでるんだい？　良質な魔鉱石はこれだよ」

「粗悪品を渡そうとしないでください。自腹の可能性が高いので、入念にチェックしたいんです」

「はて。宮廷錬金術師の買い出しに、自腹なんてものはないだろうに。国からの予算でやりたい放題やるもんさ」

「そんなことしませんよ。これは私が個人的に使うものですから、大量に買う予定はありません」

遠回しに予算が少ないことを伝えると、オババ様はキョトンッとした顔になった。

「おや？　あんたは錬金術師じゃないと記憶していたんだがねえ……」

「あっ、助手になった報告しかしていませんでしたね。私、クレイン様の下で見習い錬金術師としても働くことになったんですよ」

見習いとはいえ、憧れ続けてきた錬金術師になれたことが嬉しくて、ついつい胸を張ってしまう。

そんな得意げに答えた私が面白かったみたいで、オババ様の体がプルプルと震え始め、感情を抑えきれないようにニヤッと不敵な笑みを浮かべた。

「イーヒッヒッヒ。ようやく錬金術師になったのかい。随分と遅い一歩だったねえ」

「あれ？　錬金術師になりたいって、言ったことありましたっけ？」

「あんた、自分の顔を一度は見てみるもんだね。気がつかない方がおかしいさ」

オババ様の気のせいです……と言いたいところだが、冒険者ギルドでポーションを査定している時にも、クレイン様に似たようなことを指摘されたばかりだ。

自分がそんなにも顔に出るタイプだったと知り、少し複雑な気持ちを抱いてしまう。

いつもニヤニヤしながら素材を選んでいたかと思うと、かなり恥ずかしい。オババ様の目線だったら、おやつを買いに来た子供にでも見えていたんだろうか。

そんなことを考えていると、珍しくオババ様が良質な魔鉱石を手渡してくれた。

「ほれっ、面白くなりそうな礼さ。好きなものを持っていきな」

「えっ？　新手のぼったくり商法ですか？」

「馬鹿を言うんじゃないよ。人の厚意は素直に受け取っておけと、父親に教えてもらわなかったのかい？」

何の冗談だろう、と思ったのも束の間、オババ様が良質な魔鉱石を厳選して、また手渡してくれた。

それも一つや二つじゃない。わざわざ買い物籠まで用意してくれて、その中にどんどんと入れられてしまう。

「ど、どうしたんですか。オババ様が良質な商品を押し付けてくるなんて、めちゃくちゃ怖いんですけど」

「イーヒッヒッヒ。あんたは私の若い頃にそっくりだ。まずは【形成】スキルを会得して、鉱物を自由自在に操れるようになりな」

「ちょ、ちょっと待ってください。私の話、聞いてましたか？　こんなに入れられても困りますよ」

「面白そうな話には先行投資しておくもんさ。そこまでケチケチしてないよ。持っていきな」

いつもぼったくることを優先するオババ様が太っ腹になったこの日を、私は生涯忘れることができないだろう。

オババ様が『持っていけ』と言った以上、これは購入するものではない。見習い錬金術師になったお祝いとして、良質な魔鉱石をプレゼントしようとしてくれているのだ。

籠にドッサリと入れられた魔鉱石を見れば、本当にもらっても大丈夫なのか、不安な思いだけが

募っていく。

「あの〜……オババ様？　何か良いことでもありましたか？」

「イーッヒッヒッヒ。たまにはこういう日もあるもんさ」

偏屈で有名なオババ様が、いつもとは違う優しい笑みを見せてくれたことが、私の頭を一段と混乱させるのだった。


クレイン様の工房にたどり着いた私は、卸売業者のごとく、大量の荷物を抱えていた。

魔鉱石が入った籠を背負い、薬草が入った袋を両手に持っている。いつもは余裕のあるショルダーバッグの中にも、パンパンに膨れるほど魔鉱石が入っていた。

「買いすぎだろ。どんな形でぼったくられたんだ」

そんな私の姿を見て、クレイン様が最初に言った言葉がこれである。

初めて薬草の買い出しに出掛けたはずの助手が、息があがるほど大量に買い込んできたんだから、そう言いたくなる気持ちもわかる。

でも、現実は不思議なもので、ぼったくりをされたわけでも、悪徳商法に捕まったわけでもない。

善意を受け取っただけだった。

「オババ様に見習い錬金術師になったと報告したら、ご厚意で魔鉱石を大量にいただきました。あっ、薬草はちゃんと買ってきましたよ」

背負っていた籠をドシンッ！　と床に置き、袋いっぱいに買ってきた薬草を作業台の上に置くと、一気に体が軽くなる。

しかし、体力には限界がきていたため、すぐに椅子に腰を下ろした。

錬金術の買い出しで、ここまで重い荷物を運んだのは、これが初めてのこと。乗合馬車を利用しても、体中の筋肉が悲鳴をあげている。

次から大量の鉱石を運ぶ時は、馬車を手配してもらおうと心に誓った。

腰が砕ける、その言葉の意味を思い知ったから。

「オババの厚意……だと!?」

一方、衝撃の真実を聞かされたクレイン様は、驚愕《きょうがく》の表情を浮かべている。

オババ様には申し訳ないが、私もクレイン様の立場だったら、そうやって驚いていたと思う。

「私も最初は耳を疑ったんですけど、本当に厚意だったみたいです。何度か魔鉱石の代金も払うと交渉したんですが、頑《かたく》なに断られてしまいました」

「かなり珍しいことだが、半分はオババのイタズラだろうな。魔鉱石の量が明らかに不自然だ」

「やっぱりそうなんですね。すごく重かったので、何か変だなーとは思ったんですよ」

「作業量にもよるが、アクセサリーを作る程度であれば、半年は買い足す必要がない。武器屋が仕入れる量だぞ」

厚意だけで素直に祝ってくれないところが、オババ様らしい。私が必死に魔鉱石を背負って帰る姿を見て『イーッヒッヒッヒ』と、笑う姿が目に浮かぶ。

オババ様にとって、それが面白い要素の一つだったんだろう。良質な魔鉱石を分けてくれただけに、文句も言いにくい。

「だが、どうしてミーアに魔鉱石を……」

「あっ、それは私が魔鉱石を厳選していたからです。冒険者ギルドにいる友人にネックレスを作ってあげたいなーと思いまして」

「なるほど。早速作りたいものが決まった、というわけか。ポーションの調合作業と並行して形成スキルを学ぶのは、なかなか大変だと思うんだが」

クレイン様の言う通り、最初はポーションづくりに専念するべきだろう。錬金術の仕事は幅広いため、専門分野に特化した形を取り、自分のスキルを磨くのが一般的だ。

でも、私は見習い錬金術師であり、方向性が定まっていない。今は一つのことに縛られるより、いろいろなことに挑戦してみたい気持ちの方が大きかった。

「ポーションの下準備には自信がありますし、助手の仕事もわかります。時間が空いたらで構いませんので、ご指導いただけると嬉しいです」

「それは構わない。鉱物を形成する感覚を早めにつかんでおくのは、非常に有用なことだ。ミーアの気持ちと体力の問題になるだろう」

「じゃあ、どうして難しい顔をされているんですか？」

「俺の下で働くとなれば、主にポーションづくりが仕事になるとわかるはずだ。ミーアが興味を持っているだけで、これほど大量の魔鉱石を渡すのは、どうにも不自然だと思ってな」

他に理由があるとすれば、私が魔鉱石を欲しそうに眺めていたから、で間違いないと思う。

ただ、これだけ太っ腹なオババ様の姿を見るのは初めてなので、裏の意図がありそうな気もした。

「気になることがあったとすれば、面白そうな話に先行投資する、と言われたんですよね。依頼を発注するならまだしも、魔鉱石を渡されただけなので、何のことかはよくわかりませんでした」

思い返してみても、オババ様が取った行動の意味が理解できない。でも、様子が変わったタイミングは覚えている。

クレイン様の下で見習い錬金術師として働くと報告した時、オババ様は嬉しそうだった。

仲良くさせてもらっているとはいえ、私とオババ様は深い関係でもないのに、どうして祝ってくれたんだろう。

うーん……。よく考えてみてもわからない。

クレイン様も同じような気持ちみたいで、相変わらず難しい顔をしていた。

「もしかしたら、オババの後継者として、期待されているのかもしれないな」

「困ります。私はカメムシのニオイが出るアイテムを作りたくありません。そもそも、オババ様は錬金術師なんですか？」

「まあ、今のオババを見る限り、そう言いたくなる気持ちはわからなくもないが……。他には何か言っていなかったか？」

「特に思い当たる節《ふし》はありません。他に話したことといえば、私が婚約破棄すると知らなかったみたいで、例の噂話について話したくらいです」

「オババは他人の不幸と噂が大好きな人間だ。ミーアが婚約破棄すると知らないはずがない。本人だとわかった上で、面白そうな情報がないか引き出そうとしたんだろう」

「……からかわれただけでしたか。うぐぐっ、これだからオババ様は侮れない」

早く婚約破棄騒動が終息してほしくて、見事にオババ様の罠《わな》に引っ掛かってしまった。

もっと貴族である自覚を持ち、個人情報を死守しないと。でも、今回の件で助けていただいたクレイン様には、報告する義務がある。

荷物運びでヘロヘロになった体に鞭《むち》を打って立ち上がり、クレイン様に一礼した。

「私事で恐縮ですが、本日、正式に婚約破棄することができました。お力添えいただき、誠にありがとうございました」

「大したことはしていない。ミーアが快く助手を引き受けてくれる方法を考えただけだ。俺にも利益があることだし、気にするな」

「それでも、ここまでアッサリと問題が解決できたのは、クレイン様のおかげです。肩身の狭い思いをしなかっただけでも、本当にありがたいです」

なんといっても、ジール様は完全に開き直り、私を悪者扱いしていたのだ。慰謝料を請求していたら、考えが追い付かないほど泥沼の展開になっていただろう。

最悪、仕事も婚期も逃すほど長期化したかもしれない……と考えるだけでも、背筋がゾッとした。

「ミーアが錬金術に打ち込めるのなら、それでいい。早速、やってもらいたいこともある」

「なんでしょうか」

「ポーションの大量作成だ。錬金術ギルドを介さない個人間取引だったら、最初から最後までミーアに任せても問題はないだろう」

不穏な言葉を聞いて、私は首を傾げる。

見習い錬金術師になったばかりの人間に対して、最初から最後まで任せるというのは、理解できない。私はあくまで助手の経験があるだけで、錬金術師として活動した経験はないのだから。

「あの〜、最初から最後まで、というのは……？」

「薬草の調達、ポーションの作成、出来栄えの確認、そして、納品までだ」

「本当に最初から最後までじゃないですか！」

「言っただろ。見習い錬金術師を過保護に育てるほど俺は甘くない、と」

確かにそう言われた記憶はある。しかし、私はまだ一回しかポーションを作成していない。

それも、クレイン様に補佐してもらって成功しただけだ。

いくら宮廷錬金術師の助手がエリート錬金術師の登竜門と呼ばれていたとしても、さすがに厳しすぎる。

過保護に育ててほしいとは言わないけど、もう少し優しい教育方針であってほしかった。

「期限は来週末まで。様々な場所から依頼を受けた結果、制作本数は併せて、二百本だ」

真剣な表情で言い放ったクレイン様を見て、本気なんだと察する。

「に、にひゃく……」

ポーションの大型取引で聞くような数字に、思わず私は腑抜《ふぬ》けた声が漏れ出てしまった。

そんなにも作らなければならないのか、と思う反面、それだけの期間は錬金術に打ち込める、と考えることもできる。

私が見習い錬金術師である以上、クレイン様も完全に放置するつもりはないだろう。

頑張ってみる価値はあるのかもしれない。

「じゃあ、ポーションの作成依頼がうまくいったら、先ほどの話にも挙がっていた形成スキルを教えてもらってもいいですか？」

「いいだろう。無事に納品まで終えることができたら、形成の特訓を始めよう」

やった！　ポーションを大量に作成するだけでなく、形成の特訓までできるとなれば、本格的に見習い錬金術師として歩み始めることができる！

このまま錬金術のスキルを学び続けて、独り立ちする日が訪れるとしたら……。

自分の工房を持ったり、店舗を運営したりして、華やかな人生を送れるようになるかもしれない。

第二の人生を成功させるためにも、一人前の錬金術師を目指して、大きな一歩を踏み出そう。

善は急げ、と言わんばかりにテキパキと動き始めた私は、工房の中を駆け回った。

オババ様にいただいた魔鉱石を片づけ、ポーションの作成に必要な道具を取り出して、作業台に薬草を並べる。

「これが初めての依頼になるんだし、気合いを入れて作らないと……！」

依頼を任された以上、ポーションを必要とする人のために作る仕事であり、錬金術の練習や趣味として作るわけではない。見習い錬金術師であったとしても、責任が付きまとうだろう。

ましてや、宮廷錬金術師のクレイン様が受けた依頼となれば、顧客の信頼も大きい。せっかく仕事をいただいたんだから、期待に応えられるようなポーションを作りたかった。

気を引き締めた私は、魔導コンロに火をつけて、水を温める。

ポーションの下準備をするべく、桶《おけ》にぬるま湯を張り、丁寧に薬草を洗い始めた。

「わざわざぬるま湯にする必要はあるのか？」

やっぱり見習い錬金術師を一人にできないみたいで、クレイン様にピッタリとマークされている。

言葉では厳しく言うものの、放っておくのは忍びないんだろう。

最初から、一人で作業ができるか試す、と言ってくれたらいいのに。

「ぬるま湯の方が薬草に付着した汚れが落ちやすいんですよ。不思議なことに、薬草が萎《しお》れにくくなって、鮮度も長持ちしやすくなります」

「なるほどな。そういう効果があるのか」

綺麗に薬草を洗い終えると、それを日当たりの良い場所に一枚ずつ並べておく。

「ポーションを作るのに、薬草を乾燥させる工程は不要なはずだが」

「少し日に当てておくと、毒素が出てくるんです。そうすると、魔力を使う作業が楽になるので、いつもこうしていますね。たぶん、クレイン様みたいに魔力操作が上手な方には不要な工程なんでしょう」

桶のぬるま湯を捨て、今度は水を張る。そこに少し干した薬草を通して、冷たい水で締めていく。

するると、いくつか薬草を通し終えるだけで、少しずつ水がくすんでいった。

「確かに、何か出ているみたいだな。だが、昨日はこんな作業をしなかっただろ」

そういえば、クレイン様に錬金術を教えてもらう時、目の前でポーションの下準備をやったっけ。

でも、あれはポーションを作る練習みたいなもので、売り物にする予定はなかった。錬金術を教えてもらうだけなら、入念に下準備をする必要もないわけで……。

「早く錬金術をやってみたい気持ちに駆られて、ちょっと手を抜きました」

「ほう。宮廷錬金術師の前で意図的に手を抜くとは、いい度胸だな」

クレイン様の目つきが鋭くなったので、私は自然と目を逸《そ》らしてしまう。

今回だけは大目に見てほしい。納品するとわかっていれば、ちゃんと仕事しますから。

「念のために言っておきますが、普段はそんなことしませんよ」

「わかっている。冒険者ギルドでの働きぶりを見る限り、真面目な印象の方が強いくらいだ。昨日は遊び感覚でやっていたんだろう」

「否定はしません。あの時は興奮していて、自分でも変だったと認識しています」

今までポーションの下準備を頑張ってきた私は、クレイン様に褒められて、気持ちが舞い上がっていたんだと思う。

細かい作業が多いポーションの下準備は、土で手が汚れたり、水で手が荒れたり、繊細な薬草の扱いに神経を使ったりと、心が折れやすい。ポーションを作るためには必要なこととはいえ、日の目を見ない地味な作業ばかりだった。

でも、今は違う。少しでも品質が良くなればと思って続けてきた努力を、ようやく認めてもらい、しっかりと評価してもらえる。

それが嬉しいような恥ずかしいような複雑な気持ちになり、ちょっぴり自分のテンションをおかしくさせていた。

「二百本のポーション、絶対に期限内に作りますから」

「もちろんだ。それくらいのことはやってもらわなければ困る」

クレイン様の下で見習いをしている影響か、私は気兼ねなく錬金術の作業に取り組み、自然体で過ごせている。

まだ助手になって二日目なのに、工房の居心地が良くて、早くも馴染《なじ》んでいるみたいだ。

ただ、一つだけ気になることがあるとすれば……。

「どうして私はクレイン様に作業をじっくりと観察されているんでしょうか。ちょっと緊張するんですけど」

作業手順を間違えていないか、軽く確認する程度ならわかる。しかし、クレイン様は興味深そうな顔でジーッと見つめてきていた。

「大量の薬草を一気に下処理するとは思わなくてな。面白そうなことをやっていると思い、見学させてもらっている」

「そうですか？　作業効率を高めた結果ですよ」

「普通なら、品質を向上させるために入念に作業する。効率を求めるのは、規模の大きな契約を結ぶ錬金術師に限られ、忙しい者ばかりだ。作業を見学させてもらえる機会など、滅多にない」

どうやら本当に興味本位みたいで、クレイン様は薬草と私の手元を交互に確認している。

錬金術は閉鎖的な世界であり、弟子や助手でもない限り、作業を見せる機会が少ない。作成したアイテムを納品したり、店頭に並べたりして、品質だけで評価される世界だ。

独りで作業してきたクレイン様にとっては、私の作業も研究の対象になるのかもしれない。

見習い錬金術師だとしても、ポーションの下準備だけは何年もやってきたから、自信は……って、なんで私が見せる側の立場になっているんだろうか。

助手の仕事って、絶対こんな感じじゃない！

「あの〜、これだと立場が逆ではありませんか？　私は御意見番、でしたよね」

「見習い錬金術師の作業を確認する、という意味では、何も間違っていない」

「物は言いようですね。自己流なので、厳しい目で見るのだけは控えてください」

クレイン様の視線が気になりつつも、薬草を傷つけないように集中しながら、作業を続けた。

下処理する薬草の量が多いため、それらを桶に張った水に通す度、毒素で黒ずんでいってしまう。

桶の底が見えなくなるほど毒素を溜《た》め込みたくないので　そろそろ新しい水に替えた方がいいかもしれない。

そんなことを考えていると、クレイン様が工房の棚に置いてあるコップを持ってきて、桶に入っている汚水をすくった。

「粘度やニオイはないみたいだ。これが本当に毒素なのか、ただの汚れなのか、すぐに判断できそうにないな」

ポーションを研究するクレイン様にとっては、薬草の毒素も気になる対象だったらしい。目を大きく開いて、興味深そうに汚水を眺めている。

「私は毒素だと思います。このまま同じ水で洗い続けると、手がピリピリとしてくるんですよね」

「なるほど。人体に害を与える成分が僅かに含まれているのかもしれないな。念のため、詳しく調べてみるか。もう少し汚水を分けてくれ」

「研究に使われるのでしたら、少しと言わずにいっぱいどうぞ」

「成分の解析をするだけだ。少量でいい」

クレイン様が新しいコップを持ってきて、再び汚水をすくうが……、それほど大事なことなんだろうか。

今まで大勢の人がポーションを飲んでいるんだから、薬草に危険な成分が含まれている可能性は低い。仮に含まれていたとしても、低濃度だと人体に害のないものであり、ポーションを大量に摂取しない限りは問題ないはず。

それくらいのことは、クレイン様もわかっていると思うんだけど。

「薬草に含まれる微量の毒素を解析して、何か意味があるんですか？」

「ミーアにとっては当たり前のことかもしれないが、俺は初めて見たものだ。純粋にどんな成分なのか興味がある」

「意外ですね。ポーションを作る素材は同じなので、クレイン様の手元には、もっと詳しいデータがあると思っていました」

「生きた植物を調べるというのは、なかなか難しい。産地や時期によって、成分やその割合が変わることが多いからな」

「食べ物とかでもそうですよね。気候や気温によって、野菜や果物の味に変化をもたらします」

「そのあたりは農家や植物学士の専門分野になるが……。錬金術の研究を経て、そういった方面の力にもなれるかもしれない。だから、わからないと放っておかずに、詳しく成分を解析するんだ」

「宮廷錬金術師にもなると、考えることが違いますね」

「有用なデータになるかはわからないがな」

それだけ言うと、クレイン様は成分分析機の方に向かっていった。

単純にポーションの研究をするだけではなく、錬金術でいろいろな分野に貢献しようと考えていたなんて。

若くして宮廷錬金術師に選ばれた理由が、なんとなくわかった気がした。


薬草の下処理を終えて、ポーションの作成に着手する頃には、すっかり夕暮れ時になっていた。

最初はクレイン様の補佐もなく、一人でポーションが作れるか不安だったけど、意外に難しくはない。調合領域を展開するコツもつかみ始め、スムーズに作業ができていた。

覚えたばかりのスキルなので、油断するわけにはいかないけど……、やっぱり錬金術は楽しい。

自分の魔力で錬金反応を起こして、魔力水の色が変わるところを見ると、作ったポーションにも自然と愛着が湧く。

「二百本のポーションを何日で作るつもりだ？」

よって、私は休憩も取らずにポンポンと作り続けていた。

クレイン様が呆れるような眼差《まなざ》しを向けてくる気持ちもわかる。でも、楽しいのだから仕方ない。

「早く納品した方がいいのかな、と思いまして」

「限度があるだろう。早くも俺が作るペースに近づきつつあるぞ」

「そう言われましても、調合作業は時間がかかりませんし、薬草の下準備はもともとやっていた作業です。今は冒険者ギルドの仕事を兼任していませんので、このくらいのペースが妥当かと」

ジール様の下で働いていた時と違い、今は錬金術の仕事に専念することができている。婚約という縛りも消えて、精神的に落ち着いた影響も大きく、単調になりやすいポーションづくりを長時間していても、心に余裕を持って作業に取り組めていた。

「なるほどな。単純に考えれば、理解できることだった。冒険者ギルドの休日を利用して、薬草の下処理をやっていたのか」

「ジール様が平日に調合する分を、私が休日に下処理をしておく。それが助手の仕事でしたから」

ポーションの作成依頼が重なった場合は、多い日でポーション四百本分の薬草を下処理したこともある。

未婚の貴族令嬢が夜遅く出歩くわけにはいかないため、早朝に工房に赴き、日が暮れるまでに作業を終わらせなければならなかった。

そういった意味では、仕事の作業効率を求めるようになったのも、自然なことだったのかもしれない。

「率直に聞くが、錬金術師になって、どう思う？」

「私はまだ見習いですが」

「細かいことは気にするな。すでに錬金術師として活動しているんだ。ポーションづくりについて、思うところも出てくるだろう」

実際に今日一日ポーションを作り続けてみたところ、機材の使い勝手が違うとはいえ、かなりやりやすさを感じていた。

広々とした工房で作業ができるし、物をいっぱい置ける作業台がある。下準備がやりやすくなっただけで、ポーションの質が向上しているのは、大きな収穫だと言えるだろう。

「ポーションしか作っていませんが、だいぶ調合作業に慣れてきましたね」

「それなら、ポーションづくりにかかる時間配分の計算くらいはできるな」

「そうですね。思っていた以上に時間はかからない印象です。時間配分だけで言えば、下準備が九割、調合作業が一割、といったところでしょうか」

下準備の時間の方が圧倒的に長い、その事実を口に出した瞬間、猛烈な違和感に襲われた。

今まで私は、ジール様が作るポーションの下準備をやってきた。貴重な冒険者ギルドの休日を使って、ポーションを作るための下準備をすべてやってきたのだ。

九割の負担を請け負い、たった一割の仕事をジール様のために残していたのだとしたら……。

「あれ？　騙されてた？」

助手の仕事の方が負担が大きすぎると言える。ましてや、調合作業は苦戦を強いられるようなものではない。

いつもジール様が苦痛に満ちた表情で錬金術をしていたから、まったく気づかなかった。いや、これから本気を出すと言っていたし、演技で欺いていたのかもしれない。

私に仕事を押し付けて、浮気する時間でも作っていたんだろう。

「もしかして、ジール様はサボりすぎでは？」

「ようやく気づいたか」

やはり錬金術に苦戦していた姿は、演技だったのか！　まんまと騙されていた……！

クレイン様も『これくらいの調合は錬金術の基本スキルだぞ。Cランク錬金術師が手間取るなんて、聞いたこともないが』と言っていたし、ジール様も本気で錬金術がどうのこうのと言っていたから、間違いない。

「じゃあ、今までどれだけ遊んでいたんですか！」

「俺に言うなよ」

それはそうだ。クレイン様は何も悪くないし、怒りの矛先を向ける相手が違う。

悔しい気持ちはあるけど、無事に婚約破棄が成立して、もうジール様と関わりを持つつもりはない。問題を掘り起こしたところで、自分のためにはならなかった。

逆に、理不尽な仕事をこなしていたから、クレイン様に引き抜いてもらえたとも言い換えられる。

よし、ここは前向きに考えよう。錬金術師になるために必要なことだった、そう思った方が精神的にも落ち着くはず。

「早くポーションを作り終えて、次のステップに進みましょう。目標は、今週中にポーションを納品することです！」

対抗意識を燃やすわけではないが、ジール様が本気を出すのなら、私も全力で錬金術に挑むべきである。

悪者扱いされていたので『今までミーアが足を引っ張っていたから、本気が出せなかったぜ』などと、悪い噂を流されかねない。

これ以上の悪評を避けるためにも、早く一人前の錬金術師になりたかった。

気合を入れてポーションづくりを再開すると、クレイン様がドン引きする姿が視界に映る。

「参考までに言っておくが、一週間で二百本ものポーションを作るなら、一般的に四人の錬金術師が必要になるぞ。魔力の消費量の問題もあるが、集中力がもたないからな」

「ん？　この工房は、見習いの私を含めて、二人しか錬金術師がいませんが？」

「数日で終わらせようとしている人間が何を言っているんだ」

「いや、だって……私に全部押し付けましたよね？」

「俺は甘くないと言ったはずだぞ。いや、今では甘かったのではないかと反省している」

「お、鬼だ。これが噂の鬼畜上司というものでは……！」

「オーバースペックの見習い錬金術師には言われたくないな」

下処理ができるだけで低スペックのはずなんだけどな、と思いつつも、私はポーションを作り続けた。

調合作業が早いからといって、作業が雑になり、品質の悪いものを作るわけにはいかない。依頼主が喜んでくれることを願って、一本ずつ丁寧に調合していった。

時折、品質を確認するため、作成したばかりのポーションを天にかざして、厳しい目でチェックする。

魔力が安定していて、不純物が混じった様子はない。見習いの私が作ったとは思えないほどの良質なポーションに、思わず頬《ほお》が緩んだ。

今まで頑張ってきたことは無駄じゃなかったと、証明された気がしたから。

幕間　崩れ始める野望(Side：ジール)

見習い錬金術師のミーアが、いとも簡単にポーションを作り続けている頃。

王都のとある工房では、逆の現象が起こっていた。

「クソッ！　なぜポーションができないんだ！」

Cランク錬金術師のジールがポーションづくりに苦戦して、失敗ばかり重ねているのだ。

思わず、怒りに任せてバンッ！　と作業台を叩《たた》くが、現実は何も変わらない。ポーションができずに焦る気持ちと、うまくいかずにイライラする気持ちが合わさり、大きく心が乱れていた。

「天才の俺が、ポーションなんて簡単なアイテムを作れなくなるはずがない。これは何かの間違いだ。俺は天才、俺は天才なんだぞ」

自分に天才だと言い聞かせるようにしても、気持ちは焦るばかり。作業台の上に出来損なったポーションが転がる光景を見るだけで、惨めな気持ちになってしまう。

ただでさえ、ミーアに押し付けていた面倒な作業をこなさなければならず、ジールはイライラしている。

買い出し・薬草処理・ポーションの下準備と、普段の仕事量の数倍は働いていた。

そこまで手間をかけているのに、うまく調合できないのだから、苛立《いらだ》つのも無理はない。

たとえ、それが本来の錬金術師の仕事であったとしても、である。

「どうして錬金反応が起こらないんだ！　今までと同じことをやっているだろ!!」

ジールは長年にわたって錬金術の仕事に携わっているが、何も作れなくなるのは、生まれて初めてのこと。それだけに、対処の仕方がわからなかった。

ポーション瓶に何度魔力を流しても、うんともすんとも言わない。作業工程は合っているはずなのに、錬金反応が起こる気配は、まるでない。

下処理した薬草をすり潰《つぶ》して、適当に魔力水と混ぜておけば、ポーションは作れる。それがジールの錬金術であり、自分の中の常識だった。

大雑把な下処理をして、薬草の成分や魔力を壊していることには、気づかない。

天才の自分がミスをするはずはない、そう思っているのだから。

「俺は錬金術の天才なんだぞ。今まで何の努力もしないでポーションを作ってきたというのに。クソッ、こいつはいったい何が気に入らないんだ！」

錬金反応の起こらないポーション瓶を床に投げ捨てると、パリンッ！　と割れ、周囲に残骸が飛び散った。

また面倒な下処理からやり直し、そう思うだけでも、ジールのイライラは高まり続ける。

しかし、雑用を押し付けていたミーアはいないため、自分でやるしかなかった。

薬草をひきちぎり、葉が傷つくまで爪で洗い、怒りに身を任せてすり潰す。

自分の心を表しているように作業が荒くなるが、気にする様子を見せない。

挙句の果てには、グツグツと沸騰した魔力水を触り――、

「熱ッッッ!!」

バシャーンッ！　と熱湯をこぼし、手を火傷《やけど》してしまう始末。

たった一日の作業で荒れ果てた工房を見て、ジールは何が起きているのか理解できなかった。

ポーションが作れなくなった、その事実だけを除いては。

そんな中、軽快なリズムで駆けてくる足音が聞こえてくる。工房にヒョコッと可愛《かわい》らしく顔を出したのは、ミーアの代わりに店を手伝うカタリナだった。

「ジール様〜。取引先のウルフウッド公爵がポーションを取りに来られました……けど、どうされました？」

数時間前まで意気揚々だったジールの姿と、今の変わり果てた姿を比較して、カタリナの顔から笑顔が消えていく。

「……スランプだ。俺は、錬金術のスランプに陥ってしまった」

「えっ？　本気を出して作るって、言ってましたよね？」

「仕方ないだろ！　今までと感覚が違って、錬金術ができないんだ！　ポーションが、作れないんだよ!!」

認めたくはないが、現実と向き合うしかない。

ジールは錬金術ができなくなったことを自覚する。

「それって、もしかして〜……。先輩が手伝ってた影響、とかでは？」

「馬鹿を言うな。そんなはずがあるわけないだろ」

「で、ですよね～。そ、そんなはずがあるわけ、ないですよね……」

今までと違うことは、たった一つだけ。仕事を押し付けていたミーアがいないこと。しかし、それを認めると、自分の数々の言動が間違っていたと認めることにもなってしまう。

ミーアがいなくなっただけで、何もできなくなるはずがない。何かの間違いに決まっている。

ジールはそうやって自分に言い聞かせるしかなかった。

「でも、どうされますか～？　ウルフウッド公爵がお待ちになってますけど」

「余っていたポーションはどうした？」

「先輩が手伝ったポーションはいらないからって、全部捨てたじゃないですか～。本気を出したら、半日で作れるって……」

何もかもが裏目に出てしまうような展開に、ジールは頭を抱える。

自分の計算では、問題なく作れるはずだった。最高級のポーションを作成して、宮廷錬金術師への道が開く予定だった。

それなのに、理想と現実があまりにも違う。思わず、ジールは大きなため息をついた。

「まるでミーアの呪いだな。クソッ！　よりにもよって、ウルフウッド公爵との大型取引に問題が発生するとは」

「大丈夫ですか～？　あそこって、けっこう厳しい家系で有名ですよね……」

「待ってくれるかどうかは、未知数だな。俺も顔を合わせるのは久しぶりだが、なんとか説得するしかない」

「えっ？　毎月取引していたのに、久しぶりって。じゃあ、今まで誰が取引を……？」

驚愕《きょうがく》の表情を浮かべるカタリナを見て、ジールは下唇を噛《か》んだ。

自分が何もしていなかった、そう言わんばかりのカタリナの言葉に苛立ちを隠しきれない。

大事な取引を面倒な雑用だと思い込み、すべてミーアに押し付けていた。その報いを受けているだけなのだが、ジールが認めるはずもない。

たった一人の助手がいなくなっただけで、錬金術師として歩むジールの人生は大きく変わり始めたのだった。

ペンギンの置き物

クレイン様から引き受けた依頼をこなすため、四日間かけて二百本ものポーションを作った私は、早朝から一本ずつ丁寧に梱包《こんぽう》していた。

最初から最後まで自分の力だけで作ったポーションを見ると、喜びと不安で胸が押し潰《つぶ》されそうなくらい緊張する。

すでに品質チェックも滞りなく進み、クレイン様の確認も終わっているので、品質には問題がない。それでも、依頼主に喜んでもらえるかわからなくて、気持ちが落ち着かなかった。

後は誠心誠意の対応をして、納得してもらうしかない。納品するまでが仕事なんだから、最後まで頑張ろう。

ポーションを運搬するために馬車を手配した私は、クレイン様の取引先に一ヶ所ずつ足を運び、それぞれの依頼に合わせた数を納品した。

自分がポーションを作らせていただいたことと、クレイン様の助手になったことを報告して、取引先の信頼を得る。

本来なら、信頼を勝ち取るのに苦労するところだが……。冒険者ギルドで貴族依頼を担当していたことが幸いして、顔見知りの方が多かった。

冒険者ギルドの受付嬢から異例の転職を果たしたとしても、私に対する信頼は変わらない。宮廷錬金術師の助手になった噂《うわさ》が広まっていることもあり、笑顔でポーションを受け取って喜んでくれる人がほとんどだった。

クレイン様のポーションも評判が良いし、宮廷錬金術師という看板も影響しているだろう。

大きなトラブルが起こることもなく、順調に取引が進んでいった。

唯一納品しにくい場所があるとすれば、前の職場である冒険者ギルドだけ。元婚約者の浮気相手だったカタリナが貴族の担当をしているので、足を運びたくなかった。

そこで、予《あらかじ》め連絡を取っておいた受付仲間のアリスと昼間に合流した私は今、冒険者ギルドの近くにある飲食店を訪れている。

夜景が綺麗《きれい》に見えることで有名なこの店は、アリスの実家だ。詳しい事情を理解してくれていることもあって、場所を借りてポーションの取引をさせてもらっていた。

「まさかミーアが錬金術師になって、冒険者ギルドにポーションを卸す日がやってくるとはね」

ポーションを片手に持ったアリスは、目を細めて確認している。そんな彼女の姿を見て、私も似たような気持ちを抱いていた。

まさかアリスに自作したポーションの査定をお願いする日がやってくるとは、と。

「私はまだ見習い錬金術師だけどね」

「そうは言うけどさ、けっこう良いポーションじゃない？　不純物は含まれていないし、魔力もしっかり安定してるもん」

嘘《うそ》をつけない親友の言葉に、思わず私は頬《ほお》を緩める。

ポカーンッと口を開けて驚くアリスの表情を見るだけでも、本当に良いものだと言ってくれている気がして、一段と嬉《うれ》しかった。

「これ、全部ミーアが作ったんでしょう？」

「まあね。自分で査定していても、良質な方に分類されるかなって思ってるよ」

「良質というより、うーん……。ベテランの職人が作りました、って雰囲気が半端ないんだけど」

「……。宮廷錬金術師の工房に、最新型の機材が揃《そろ》ってる影響じゃないかな」

「本当にそれだけで良質なポーションが作れるのかなー。ここまで品質が良いものを安定して量産できる錬金術師って、少なくない？」

純粋な疑問をぶつけてくるアリスを見て、私は何も言えなくなってしまった。

自分でもよくできた方だと思っている。いつもと同じように下準備しているだけなのに、品質の良いポーションが作れるし、目立った失敗も起こらなかった。

使用している薬草も下処理の方法も変えていないから、品質が高まりそうなことは何もしていない。今までと違うことがあるとすれば、ポーションを作る環境と、私が調合スキルを使うようになったことくらいなんだけど……。

そんなことを考えていると、アリスのお父様がふわふわ卵のオムライスに特製デミグラスソースをかけて持ってきてくれた。

「聞いたぜ、ミーアちゃん。宮廷錬金術師の助手になったんだってな」

冒険者ギルドで働いていた時は、この店で昼ごはんを食べてばかりだったので、すでに顔と名前を覚えられている。

親子で顔も性格も似ているため、私は友達の家に遊びに来る感覚で店に足を運んでいた。

「ありがとうございます。まだ一週間しか経《た》っていませんけどね」

「でも、出世したことには変わりないんだろう？」

「全然違う職ですから、出世というのは少し語弊があるように感じます。普通に転職したと思っていただければいいかと」

近況を聞かれたため、軽く話していただけなのだが……。

思春期真っただ中のアリスは恥ずかしいみたいで、オムライスを受け取ると、邪険に扱うようにシッシッと手で追い払っていた。

「はいはい、お父さんはあっちに行って。麗しい乙女の会食の邪魔だよ」

年頃の女の子というのは、こういう態度を取る生き物なのかもしれない。

アリスのお父様も忙しいみたいで「ゆっくりしていきな」と言って、すぐに厨房《ちゅうぼう》へ戻っていった。

「もう……本当に恥ずかしいんだから」

顔を赤くしたアリスは辛辣《しんらつ》な言葉を口にするが、なんだかんだでお父様のことが嫌いではないと知っている。

アリスが積極的に店を手伝っているのは、私が冒険者ギルドに就職した頃から有名な話だった。

裏表がない性格なのに、家族には素直になれない、それがアリスなのである。

お父様とのわだかまりが解けたばかりの私が口を挟むわけにはいかないので、冷めないうちに出来たてのオムライスをいただくことにする。

スプーンで一口大に取り分けて、口の中に放り込むと、懐かしい思い出の味が広がった。ふわふわした卵のまろやかさと濃厚なデミグラスソースが絡み合い、ホッと安心するような優しい味がする。そこにバターの利いたチキンライスが混じり合うことで、より一層風味を豊かにしてくれて、味わい深い料理に仕上がっていた。

「アリスのお父様、料理が上手だよね。さすがプロって感じの味がする」

「私はミーアの舌が庶民的なだけだと思ってるよ」

「うーん、あながち間違っていないかな。うちは料理人を雇っていなくて、平民のメイドさんが料理を作ってくれるんだよね。だから、食卓には庶民的な料理が並ぶよ」

「うわっ、衝撃の真実。知りたくなかった貴族の裏事情だわ」

貴族は住む世界が違う生き物だと思っているのか、アリスに現実的な話を聞かせてあげると、カルチャーショックを受けていた。

三年間も昼ごはんを一緒に食べていたんだから、同じような舌をしていると、早く気づいてほしいものである。

そんなことを考えていると、アリスが何かを思い出したかのようにハッとした。

「あっ、そうだ。こっちにも衝撃的な話があったんだよね」

「どうしたの？」

「実は、カタリナが冒険者ギルドを無断欠勤してたんだけど、ついにクビを切られたみたいなの」

「えっ……」

何気ない表情で教えてくれるアリスだが、平民である彼女は事の重大さがわかっていない。貴族担当のクビが切られたとなれば、とんでもない数のトラブルが起こりかねない大事件だった。

貴族というのは、それだけ面倒くさい生き物だから。

冒険者ギルドに限っての話ではないが、貴族は担当を替えられることを極端に嫌う傾向にある。適当な対応をされていると感じたり、蔑《ないがし》ろにされていると思ったりして、反発されやすい。新しい担当者との腹の探り合いから始めるため、とにかく警戒心が強くなってしまう。

私が退職する時でさえ、引き継ぎ作業に三ヶ月も費やし、関係各所に何度も挨拶に回った。短期間でまた別の担当者を付けようとすれば、トラブルを起こさない貴族の方が少ないだろう。

そういえば、婚約破棄の書類を渡した時、カタリナはジール様と共に行動していたっけ。まさか冒険者ギルドをサボって、ジール様に同行していたなんてことは……あり得そうで怖い。

「私が冒険者ギルドを退職する時でさえ、カタリナの悪い噂《うわさ》も耳にしたから、前途多難だね。ジール様の下で働いても、貴族の集まりに出席しても、当分は嫌味を言われると思うよ」

「まあ、仕方ないよね。自分たちで大騒ぎして、堂々と浮気宣言してたんだから。あんなの、敵に回してくれ、って言ってるようなもんだよ。まったく」

突然、アリスの口から新情報が流れてきて、当事者である私の方が戸惑ってしまう。

オムライスを勢いよく口に運び、はむっと食べるアリスの姿は、何かを思い出してイライラしているように見えた。

「ねえ、アリス。前から疑問に思っていたんだけど、どうしてジール様が浮気した翌日に、そのことを知っていたの？」

「知っていたも何も……。本人たちがワイングラスを片手に持ちながら、そこの席で酔っぱらって騒いでたからだよ」

窓際の席を指で差すアリスを見て、一つの大きな謎が解けると同時に、何やってるんだか……と、呆《あき》れて物も言えなかった。

きっと私に反抗されたことが許せなくて、悪態をついていたんだろう。ワインで上機嫌になり、自分を制御できなくなって、騒いでしまったに違いない。

貴族が自ら醜態を晒《さら》していたのなら、あっという間に噂が広まったことにも納得がいく。

ただ、本当にそれだけでこんな風に噂が広まるのか、疑問を抱いてしまう。

「あれは結婚しなくて正解だったねー。貴族の闇を見ているような気分だったよ」

今思えば、浮気された噂で可哀想《かわいそう》な目を向けられたことはあっても、ジール様に捨てられたと言われたことはなかった。

クレイン様の影響が大きいのは、間違いない。でも、正確な情報を発信して、婚約破棄ができるように手伝ってくれていた人物がいるとしたら……。

「ねえ、アリス」

「なーに？　ミーア」

「……ううん、何でもない」

「変なの。早く食べないと冷めるよ？」

勝ち誇った様子のアリスを見て、心強い友を持ったと実感した。

もしかしたら、アリスは最初から愛のない政略結婚だったと気づいていたのかもしれない。力になれないかと考えてくれた結果、いち早く情報を流して、ジール様を牽制《けんせい》してくれていたんだろう。

こうしていろいろな人に支えられて、何気ない日常を送れるようになったと思うと、胸がジーンと熱くなる。本当にありがたい気持ちでいっぱいだった。

「それで、カタリナがクビを切られたなら、誰が貴族依頼を担当するの？　冒険者ギルドに在籍している人で、貴族出身の人は他にいないはずだよね」

「問題はそこなんだよ。まともな敬語で接客できる人がいないから、ひとまずギルマスが代理で受けてるんだけど……。なんか私に回ってきそうなんだよねー」

「えぇー……。悪いことは言わないから、辞退した方がいいよ。裏表がないアリスには向いてないもん」

「私も同じ意見だよ。でも、ミーアと仲が良かったから、変に期待されてるみたいなの」

同年代の女性を相手にするならまだしも、依頼主は当主であることが多い。大事な依頼の打ち合わせをするにしても、平民の女の子が貴族の屋敷に足を運んだり、冒険者ギルドで出迎えたりしたら、追い払われるのが関の山だ。

しかし、冒険者ギルドに貴族が在籍していないのであれば、仕方ないのかもしれない。少なくとも、従業員でもない私が必要以上に口を挟むべきではなかった。

「貴族依頼を担当するにしても、気をつけてね。何か問題が起こったら、少しくらいは力になれると思うから、遠慮なく言って」

「うん、ありがとう。新しく貴族担当が入ってくるまでの臨時対応になるだろうし、それまでの辛抱かなー」

「そっか。私が冒険者ギルドに戻ってあげられたらいいんだけど、さすがにそういうわけにはいかないんだよね……」

「気にしないで。こっちはこっちでなんとかやるよ。それより、ミーアの方こそ気をつけてね。元婚約者、噂ではけっこう荒れてるみたいよ」

急にジール様の話題に変わると、数日前にカタリナと一緒に突っかかってきたことを思い出す。

オババ様に成敗された後はわからないけど、ジール様が荒れる要素には思い当たる節がない。

今から本気で錬金術に取り組むと意気込んでいたし、宮廷錬金術師を目指しているみたいだった。

きっと気迫に満ち溢《あふ》れている姿を荒れていると誤解されたんだろう。

「もともと気性が荒いから、荒れているように見えるだけじゃないかな。婚約破棄の書類を渡した時は意気揚々としていたもん」

「化けの皮が剥《は》がれてきたんじゃない？　ミーアがいなくなって、いろいろと手が回らなくなったのかもね」

「さすがにそれはないよ。だって、今から本気を出す、って言ってたから」

今まで錬金術ができない演技をして、才能を隠していたジール様にとって、今が勝負時であるのは間違いない。

オババ様の話では『浮気して婚約者に捨てられた男』という噂が広まっているので、奮起して錬金術に励み、印象を良くしようと必死なんだろう。

本当に錬金術ができなくて焦っている、なーんてオチがあるはずはない。

でも、アリスはそう考えているみたいで、額を手で押さえて、大きなため息をついていた。

「ミーア。それはね、完全に敗《ま》けフラグを立ててる奴の台詞《せりふ》だよ」

「なにそれ。平民の間で流行《はや》ってる言葉？」

「まあ、そのうちわかることかな。とにかく変な事件に巻き込まれないように、気をつけて過ごしてよね」

「それはお互い様だけどね。貴族依頼の担当、思っている以上に大変なんだから」

たった一週間の間に起こった出来事を話し合い、互いに情報を共有する。

仕事が変わったとしても、アリスとの距離感や関係は変わらない。それが何よりも嬉しく、心が温かく感じるのであった。


昼ごはんを食べ終えて工房に戻ってくると、クレイン様も昼休憩を取っていたみたいで、ゆったりと紅茶を嗜《たしな》んでいた。

「ただいま戻りました」

「ご苦労だったな。無事にポーションの納品は済ませられたか？」

「はい、バッチリです。顔見知りの方が多かったですし、喜んで受け取っていただきましたよ」

「それは何よりだ。どうやら早めに準備しておいた甲斐《かい》があったようだな」

何の準備をしてたんだろう、と疑問に思っていると、クレイン様に大きな保護メガネを渡される。

「なんですか、これ」

「スキルを身につけるために必要なものだ。ポーションの依頼が終われば、鉱物を加工する【形成】の練習をする約束だっただろう？」

何気なく提案してくださるクレイン様を見て、私は自分が言ったことを思い出し、ハッとする。

オババ様にいただいた魔鉱石で錬金術をするため、スキルを教えてほしいとお願いしていたのだ。

こんなにも早く対応してくださって嬉しい気持ちを抱く反面、手元にある保護メガネに疑問を抱いてしまう。

「形成スキルを身につけるには、保護メガネが必要なんですね。そんなに危ないんですか？」

「スキルの扱いに慣れていないと、形成する際に鉱物の一部を液状化させてしまうことがあるんだ。勢い余って力を入れすぎれば、周囲にそれを拡散させて、怪我《けが》をする恐れがある。万が一のことを考えると、保護メガネを着用するべきだな」

「なるほど。服はエプロンで守れますけど、顔は無防備ですからね」

「目に入って失明する事故が年に何件も起きている。用心しておいて損はない。ポーションがあるとはいえ、完治するとは限らないからな」

身を守るために必要なものだと理解した私は、保護メガネをしっかりと着用した。

調合作業とは違い、今回はまったく新しい作業に挑戦する。クレイン様のおっしゃる通り、用心しておいて損はないだろう。

「ちなみに、液状化した鉱物が顔に飛び散った場合はどうすればいいですか？」

「顔に付着した程度であれば、形成スキルで簡単に取れる。気軽に声をかけてくれ」

「わ、わかりました。よろしくお願いします……」

錬金術の世界では常識なのかもしれないが、形成スキルの特訓中は、自分で身だしなみも整えられないとわかった瞬間である。

液状化した鉱物が顔に付着する度、クレイン様に情けない姿を晒すのは、さすがに恥ずかしい。

形成スキルを身につけるために通らなければならない道とはいえ、戸惑いを隠せなかった。

「作業途中に頭を触り、鉱物で髪をカピカピにさせる者もいるぞ」

「作業用の帽子も欲しくなるようなことは言わないでください」

「スキルを身につけるまでの辛抱だな」

クレイン様と師弟関係である以上は、今後も情けない姿を見せることが出てくるだろう。すでに泣き顔も見られているし、割り切って過ごした方がいいのかもしれない。

幸いにも、少数精鋭という工房の経営方針のおかげもあって、クレイン様以外に見られることはないのだから。

普通に過ごそうと私が心に決める中、クレイン様は特訓の準備を進めてくれている。

作業台に魔鉱石を置き、その隣に魔法陣が描かれた巻物を敷いていた。

「これが形成の魔法陣だ。この魔法陣で展開する形成領域では、簡易的な作業しかできないが、スキルの感覚をつかむためには有用なものになるだろう」

「そんな便利なアイテムがあるんですね」

「先人の知恵だな。細かく説明するよりも、実際にやってみた方が早い。魔法陣の中心に魔鉱石を置いて、軽く魔力を流してみてくれ。後は自動で形成領域を展開してくれるはずだ」

クレイン様に言われた通り、巻物に描かれた魔法陣の中心に魔鉱石をセットして、魔力を流してみる。すると、魔法陣が起動して、体が宙に浮くような不思議な感覚に包まれた。

「うわっ、すごい違和感がありますね。小さい頃に馬車酔いした感覚と似ています」

「この魔法陣で発動させる形成領域は、あくまで感覚をつかむためのものだ。魔法陣の魔力と自分の魔力を同調させ、強引に形成領域を展開させる分、不快な症状が現れる可能性が高い」

「早く形成スキルを身につけないと、この状態が続くということですね。恐ろしい修行法ですよ」

「そう思うのなら、早く練習を始めてくれ。もう少し魔力を流せば、魔鉱石を加工できるようになるだろう。思っている以上に簡単に変形させられるはずだ」

硬い魔鉱石をつかみ、グッと力を入れてみるが、何も変わらない。しかし、徐々に魔力を流していくと、突然、グニャッと柔らかい粘土のように形が崩れた。

「うわっ、新感覚です。硬い魔鉱石がグニャグニャしま……痛ッ」

「油断するなよ。形成領域を不完全な状態で展開している分、どうしても魔力の流れにムラが生じてしまう。魔鉱石に魔力が流れていない部分は、普通に硬いぞ」

「早く言ってください。もっと万能なものかと思いましたよ」

「最初に感覚をつかむだけのものだと言っておいただろ。簡単な形にしか変えられないし、高ランクの素材には使用できない。作りたいものがあるのなら、早くスキルを身につけることだな」

そう言ったクレイン様は、別の魔鉱石を片手に持ち、巻物を使わずに形成領域を展開した。

魔鉱石を自由自在に操り、アッサリと別の形に変えていく。

鋭いクチバシに、バタバタと動きそうな手、そして、この愛らしいフォルムは……！

「ペンギンですね」

「専門分野ではないが、これくらいなら簡単にできる。まずはアクセサリーといわず、置物を作るべきだな」

コトンッと作業台の上にペンギンが置かれると、今にも動きそうなほど精妙に作られていた。

敵を威嚇するように毛を逆立てていて、鋭い目つきをしている。可愛《かわい》い動物でありながらも、力強さを感じるほど存在感を放っていた。

これで専門外というのだから、やっぱり宮廷錬金術師はすごい。描かれた魔法陣の上でぎこちない動きしかしない私の形成スキルとは、全然違う。

「一つだけ気になるんですが、ペンギンはお好きなんですか？」

「このあたりには生息しない生物だ。一度はこの目で本物を見てみたいと思っている」

「なんとなく気持ちはわかります。可愛いですもんね」

「俺は癒《いや》し目的ではないぞ。ただの好奇心だ」

少し恥ずかしそうにするクレイン様を見て、人類は皆、可愛いものに弱いと悟った。

ひとまず私もペンギンを作ることを第一目標にしようかな。クレイン様の作ったペンギンの隣に、同じものを並べてみたいから。

「このペンギンはいただいてもいいですか？」

「構わないが、ただの置物にしかできないぞ」

「目標にするものが近くにあった方が、頑張れそうな気がしまして」

「……工房の外には持ち出さないでくれ。それが条件だ」

「わかりました」

やっぱり恥ずかしそうにするクレイン様を見て、私は思った。

きっと可愛い置物を見せた方が女性はやる気が出ると考え、作製してくださったのだろう、と。

厳しい一面はあるけど、とても優しい方なのは間違いない。

だから、私も期待に応えられるように、しっかりと形成スキルを身につけよう！


魔法陣が描かれた巻物で形成スキルの練習を始めて、三日が経つ頃。気合いを入れて作業に取り組むものの、思うように形成領域が展開できず、悪戦苦闘する日々を過ごしていた。

「なかなか難しいですね。細かい調整ができません」

魔力を流しすぎるとグニャッと潰れるし、逆に魔力が少ないと硬すぎて加工しにくい。ある程度の魔力を流して魔鉱石とリンクさせないと、反応すらもしなかった。

それも、形成の魔法陣の補助があってのこと。今はまだ魔鉱石の形を変えて、球体にしたり、三角形にしたり、四角形にしたりするだけで精一杯だった。

「最初はそういうものだ。魔法陣の上で意図的に形を変えられるようになっただけでも、十分に力をつけている」

離れた場所でポーションの研究をしているクレイン様は、いろいろとアドバイスをしてくれる。でも、細かいところは教えてくれない。あくまで経験を通じて学ばせる姿勢を崩さなかった。

「三日も練習を続けていたら、さすがに少しくらいはできるように……あっ」

ちょっと褒められて調子に乗った私は、魔鉱石に魔力を流しすぎて、グニャッと潰してしまう。

目の前の作業台に置かれたペンギンの置物を作りたい、その思いだけが先行して、失敗する回数が増えているような気がした。

「いきなり凝ったデザインを求めるな。まずは簡単な形に素早く形成することを意識すべきだ」

「わかりました。自分の力で形成領域が展開できるようになるまで、ペンギンさんは諦めます」

クレイン様に注意されて、見習いであることを再認識した私は、魔法陣の上に置かれた魔鉱石と向き合い、変形させることに意識を向けた。

形成領域の中では、魔力の流れに沿った形でしか形状を変化させることができない。おまけに、形成の魔法陣で展開している場合、魔力が一方向にしか流れず、できることが限られてしまう。魔力は深部まで浸透しないし、魔法陣任せになる部分が多いので、本当に形成領域の感覚をつかむだけのアイテムだと実感した。

「形成のコツはつかめてきたんですけど、形成領域の展開がうまくできないんですよね」

「魔鉱石の形成に集中しすぎなんだろう。もっと視野を広く持ち、全体に流れる魔力を把握するべきだな」

「言いたいことはわかるんですけど、魔鉱石を触っている方が楽しくて、つい……」

魔力を強く流し続けていると、硬い鉱物がプニプニとした感触に変わり、グニャッと変形するのが不思議で仕方ない。

他にはどんなことができるのかと、好奇心が高まり、形成領域の展開に集中できなかった。

「スキルを身につければ、もっと融通が利くようになり、細かい作業に取り組める。魔法陣の上で形成作業を続けていたら、いつまで経っても見習い錬金術師から卒業できないぞ」

そう言いながら近づいてきたクレイン様は、形成領域を展開して、作業台に付着した鉱物を取ってくれた。

初めにクレイン様も言っていたが、魔鉱石の内部に魔力が滞ることで、部分的に液状化してしまうことがある。そこに形成しようと手を加えると、勢いよく魔力が流れ始めるため、周囲に鉱物が飛び散ることが多かった。

魔法陣の上ならまだしも、自力で形成領域を展開できない私には、そういった掃除ができない。助手なのに、かえって迷惑をかけている気がして、心苦しかった。

「クレイン様は形成スキルを習得するのに、どのくらいの時間がかかったんですか？」

「詳しく覚えていないが、形成領域を展開できるようになるまで、三日はかかった気がする」

「そうですか。宮廷錬金術師のクレイン様でも三日かかるなら、まだ私が苦戦していても不思議ではありませんね」

「どうだかな。急《せ》かすつもりはないが、ミーアは基本的な魔力操作がうまい分、あっという間に会得すると思っていた」

「買い被《かぶ》りすぎですよ。ポーションが作れる自分を褒めてあげたくなるレベルですから」

錬金術師に憧れを抱いていた身としては、調合でポーションを作るだけではなく、形成スキルの特訓までできて、夢見心地だった。

いま活躍している錬金術師たちも同じ道を通ったんだなーと思うと、感慨深い。まだまだ見習いの私は、ちっぽけな存在なんだと実感する。

しかし、クレイン様はそれを否定するかのように真剣な表情を浮かべた。

「俺はそう思わない。錬金術を楽しむのも才能のうちだ。ミーアのように純粋な気持ちでい続けることは、なかなか難しい」

「それ、褒めてないですよね」

「羨《うらや》ましいとは思っているぞ。同じ作業を繰り返す錬金術の分野は、継続が物を言う世界だ。卓越した存在になる者は、錬金術に没頭していたと聞く」

「卓越した存在……。その方はクレイン様よりすごいんですか？」

「比べ物にならないくらいには、な」

思い返せば、私は錬金術師の助手として働いた経験があるだけで、この業界に詳しくない。ポーションの販売や取引に必要な知識は持っているものの、錬金術の歴史やスキル・同業者などの専門的な知識については疎かった。

「参考までにお聞きしたいんですが、卓越した存在と呼ばれる人は、どれくらいすごいんですか？」

「そうだな。この国の宮廷錬金術師にも、次元の違う錬金術と称賛された者が一人だけいる。【形成】と【付与】のスペシャリストで、自分の魔力を用いて様々な効果を付与し、優秀な『魔装具』を作り上げたそうだ」

魔法の力を帯びた装備品、魔装具……！

錬金術師の腕次第では、凶悪な魔物を滅ぼす魔剣も作れると言われている。

あまりにも強力なアイテムであるため、一部の高ランク冒険者や階級の高い人しか手にできない高価な品だと聞いたことがあった。

冒険者ギルドで働いている時、何度か問い合わせを受けたことがあったけど、まさか宮廷錬金術師に製作できる人が存在していたなんて。

「そ、そんな人がこの国にいらっしゃったんですね。全然知りませんでした」

「残念ながら、今はその面影がない。魔装具や装備品を作ることもせず、のんびり老後を楽しんでいるところだ。知らなくても当然だろう」

どうやらすでに錬金術師を引退されたみたいだ。そんな優れた装備品を作れたら、トラブルに巻き込まれやすいと思うし、気持ちがわからなくもない。

「た、たとえば、どういう感じの装備が作れるんですか？」

でも、興味はある。一度でもいいから、魔装具を見てみたい。

「俺が見た限りでは、どんな強力な物理攻撃でも軽々と受け止められる大盾や、魔法攻撃を反射する腕輪、ありとあらゆる状態異常を防ぐネックレスなどがあったな」

「す、すごそうですね……！」

「そんなちっぽけな言葉では語れない代物だ。俺が初めて見せてもらった時は、圧倒されて言葉が出てこなかったぞ」

「うぐっ、素直に羨ましいです。いつか魔装具づくりに挑戦する機会があれば、ぜひやってみたいですね」

理想と現実の区別がつかない見習い錬金術師の私は、作れちゃったらどうしよう、なーんて妄想を繰り広げてしまう。

宮廷錬金術師のクレイン様が圧倒されるほどのアイテムなら、簡単に作れるはずがない。まだ形成スキルを特訓している私には、絶対に無理だと断言できるだろう。

それでも、夢を追い求めたい。せっかく錬金術師の道を歩むなら、後悔したくないから。

浮かない表情をしたクレイン様を見れば、決して簡単な道ではないと想像できるが。

「最初は誰もが目指す道だが、錬金術を深く知るほどわからなくなってくる。形成スキル一つにしても、手で触れずに魔鉱石を溶かし、形を作り変えてしまうような人だった」

形成の基礎技術を身につけようとしている私にとっては、未知の領域でしかない。ただ、魔鉱石を溶かす、という感覚はわからなくもなかった。

高濃度の魔力を流す時、魔鉱石は限りなく柔らかくなり、グニャッと潰れる。経験から推測すると、その延長線上の技術なのかもしれない。

「話を聞く限りは、妖術みたいですね。その光景を目の当たりにしたら、ちょっと怖いと思います」

「自分の魔力が影響を及ぼす範囲をコントロールして、形成スキルを発動させるだけだ。手でイメージした方が魔力を制御しやすいだけで、原理は同じこと。理論上では、できないことはない」

「えっ？　じゃあ、クレイン様もできるんですか!?」

「あくまで理論上の話だ。そんなことができたら、俺は今頃ポーションを研究していないだろう」

目を閉じたクレイン様は、手を前にかざし、目に見えるほど高濃度の魔力を集め始めた。

「魔力を収束させ、高濃度の魔力に強化し、魔力領域を多重展開する。その場を掌握するほどの絶対的な力でねじ伏せることから【悪魔の領域】と呼ばれている」

部屋の空気が張り詰め、魔力による干渉を受けて、肌がピリピリとしてくる。

しかし、工房内に変化は訪れない。作業台の上に置かれている魔鉱石も微動だにしなかった。

「まあ、俺がやっても何も起こらないほどの技術だな」

果たして、本当にそうだろうか。

まだ出力が足りないだけで、空間には干渉している。肌で感じるほど魔力が影響を与えているのであれば、あながち間違っていない気がした。

魔鉱石とリンクさせて形成するのではなく、心を持たない鉱物すら畏怖《いふ》させ、絶対的な力で支配する。

人智《じんち》を超えた悪魔のような力が怖いだけで、無意識のうちに抑制している印象を受けた。

「ミーアはまず、魔法陣の補助から卒業することを意識するんだな」

この時の私は、すでに錬金術の世界に引き込まれすぎていたのだろう。次第にクレイン様の声が遠のき、作業台の上に存在する魔鉱石しか見えていなかった。

「魔力を収束させ、高濃度の魔力に強化し、魔力領域を多重展開……」

「……ミーア？」

空間を掌握するほどの絶対的な力でねじ伏せる錬金術。

それが――。

【悪魔の領域】

その瞬間、魔鉱石が弾《はじ》けるようにバシャッ！　と飛び散り、私は我に返る。

しかし、あまりにも不自然に弾けた鉱物の姿を、ジッと眺めることしかできなかった。

魔力の影響を受けた魔鉱石が液状化して、ポタポタと作業台から床に落ちていく。

まるで、鉱物が恐怖に慄《おのの》き、元の状態に戻れなくなってしまったみたいだった。

奇跡的に【悪魔の領域】を展開した私は、新しく魔鉱石を片手に持ち、魔力を注ぎ込む。

「ふんーっ！　ふんーっ!!　はぁ……、無理です」

期待に胸を膨らませて、悪魔の領域を展開しようとするものの、何も起こる様子はなく、断念せざるを得なかった。

自分の力だけで形成領域すら展開できないのに、もっと難しいことができるはずもない。いわゆるビギナーズラックというもので、本当に奇跡的にできたものだったんだろう。

宮廷錬金術師のクレイン様でもできないなら、私にできる方が不自然だった。

「やはり無理か。ミーアが本格的に錬金術に携わってから、まだ一週間しか経っていない。当然のことではあるんだが……。一度でも成功しているのなら、な」

期待の眼差《まなざ》しを向けられても困る。形成の魔法陣が描かれた巻物を取っ払った私は、魔鉱石を握り締めることしかできない脆弱《ぜいじゃく》者なのだから。

「無茶なことは言わないでください。形成スキルが使えない私は、魔法陣の補助がないと魔鉱石がビクともしないんですよ」

「……本当に形成領域の展開を意識してやっているのか？」

「もちろんです。逆に手を抜く意味があると思いますか？」

ふんーっ！　という気合いの入った私の声だけが工房内に響き渡り、とても虚《むな》しい。こんな思いをするくらいなら、形成領域の一つや二つはパパッと展開したいものである。

しかし、クレイン様が納得してくれる様子はなく、真剣な表情を浮かべていた。

「よく思い出してみろ。どうやって悪魔の領域を展開したんだ」

「どうと言われましても、クレイン様に言われたことを意識して、エイッてやっただけです」

「そんな簡単なことではないんだぞ！　世界中の錬金術師が目標としているものだ」

「そう言われましても……」

すごい剣幕で突っかかってくるクレイン様を前にして、思わず私は一歩引いてしまう。

それに気づいたのか、クレイン様は気まずそうな表情を浮かべた。

「すまない。つい嫉妬して、熱くなってしまった」

普段のクレイン様を知る限り、ここまで取り乱すような方ではない。錬金術に情熱を費やしているからこそ、気になって仕方がないんだろう。

「若き天才と言われたクレイン様でも、嫉妬されることがあるんですね」

「周りからはそう見えているのかもしれないが、錬金術に挫折はつきものだ。とんとん拍子にうまくいった経験など、今までに一度もない」

過去の記憶を振り返っているのか、苦い記憶が蘇《よみがえ》っているのかはわからないが、クレイン様は顔を背けていた。

「意外ですね。最年少で宮廷錬金術師に就任しましたし、とても華やかな道を歩んでいるイメージがありましたけど」

クレイン様が脚光を浴びたのは、およそ一年前のこと。

私が冒険者ギルドの受付として働いていた頃、不治の病に冒された王女様をポーションで助けたクレイン様は、宮廷錬金術師に抜擢《ばってき》された。

王女様の症状に合わせて調合した特別なポーションは、名高い錬金術師も目を丸くするほど素晴らしいものだったと聞く。

そのため、知識や経験が物を言う錬金術の世界で若き才能が開花したと、国王様が大絶賛。王都で大きな話題になり、絶対的な地位を築き上げたと思っていたが……。

本人は良い気持ちではなかったのかもしれない。クレイン様の顔を見れば、そのことがよく伝わってくる。

「錬金術に年齢など関係ない。失敗しても挑戦し、試行錯誤を繰り返す力さえあれば、遅かれ早かれ成功する。それに気づくことができたのは、ミーアのおかげなんだ」

突然、自分の名前が呼ばれ、キョトンッとした情けない顔になってしまう。

「私、何かやりましたっけ？」

「いや……それは、だな……」

どうやらクレイン様は言うつもりがなかったらしく、珍しく口元をモゴモゴさせている。

ふと言葉が漏れ出てしまった、そんな印象を受けた。

「今だから言えることなんだが……。三年前、ポーションの研究に行き詰まった俺は、錬金術の世界から足を洗おうと考えていたんだ。その時、ミーアに出会っていなかったら、今頃ここにはいないと思う」

衝撃的なことを聞かされた私は、言葉が出てこなかった。

誰よりも華やかな道を歩んでいるはずのクレイン様が、挫折していたことに驚きを隠せない。

国に天才と認められ、宮廷錬金術師に選ばれるような方であれば、もっと住む世界が違うものだと思い込んでいた。

「ちょうどミーアが貴族担当になった頃、俺は錬金術師として自信を失っていた。専門分野と言えるものがなく、何をやっても中途半端なものしか作れない。その思いが次第に大きくなっていき、魔力操作に支障をきたすようになったんだ」

錬金術は精神的な影響を受けやすい、と聞いたことがある。

緊張してうまく作れなかったり、苦手意識を持ちすぎて失敗したり、心が追い込まれて魔力操作が拙《つたな》くなったり。

最初は僅《わず》かな影響かもしれないが、徐々に状態が悪化していき、錬金術ができなくなるそうだ。

「挙句の果てには、簡単なポーションを作成しても品質が不安定になるほど腕を落としていた。もはや、錬金術ギルドで依頼を受けられる状態ではなかったため、冒険者ギルドにポーションを持ち込んだら、ミーアが対応してくれたんだ。そこから変わり始めた気がする」

クレイン様に出会った時のことは、私もよく覚えている。冒険者ギルドで初めてポーションの査定をさせてもらった人が、クレイン様だったから。

まあ、良い思い出かどうかは別にして。

「ポーションのことについて、質問責めにした記憶があるんですが……」

「そうだな。ポーションの作成について聞かれると思わなくて、最初は俺も戸惑ったぞ。基本的な質問をされたり、高度な質問をされたり、問題点を指摘されたりと、とにかく不思議な体験だった」

当時、クレイン様の事情を知らなかった私は、持ち込まれた品質のバラついたポーションを見て、まったく違う気持ちを抱いていた。

オーガスタ侯爵家の方がわざわざ冒険者ギルドにポーションを持ち込むのなら、何か意図があるに違いない。

良質なポーションと買い取れないほどの粗悪なポーションとが混在していたため、ポーションを研究されている方なんだと、勝手に思い込んでしまったのだ。

いろいろな方法でポーションを作っている錬金術師なら……と、無礼を承知で疑問に思ったことをすべて聞いていた。

それなのに、まさか不調に悩まされていただけだったなんて。

本当に無礼な行為すぎて、今頃になって手が震えてくる。

「その節はご迷惑をおかけしまして、本当に申し訳ありませんでした」

「いや、当時の俺はそれで救われた。一緒に悩んでくれているように感じて、もう少し続けてみようと思うことができたんだ。次第に錬金術を感覚だけでやっていると理解して、理論やデータを取り入れ、苦手意識を克服することもできている」

良い方向に向かったのなら、それはそれで良しとしよう。このことは黒歴史として封印し、二度と表に出てこないように願うしかない。

ただ、本当にクレイン様はよく思ってくれているみたいで、優しい笑みを向けてくれている。

「俺が宮廷錬金術師になれたのは、ミーアのおかげだ。今でも刺激を受け続けているし、本当に感謝している」

クレイン様にお礼を言われるのは、さすがに恐れ多い気がした。

確かに、私は不調を改善するきっかけを作ったのかもしれない。でも、クレイン様が宮廷錬金術師になれたのは、私の力ではない。

クレイン様が錬金術に向き合い、努力した結果だ。

「とんでもないです。私の方こそ、クレイン様がいなければ、見習い錬金術師にもなれませんでした。本当にありがとうございます」

頭を下げて感謝を伝えると同時に、ふとあることを思い出す。

「冒険者ギルドから引き抜いてもらう時、借りがあるって言っていましたよね。それって……？」

「このことだな。ミーアのおかげで宮廷錬金術師になれた以上、助手として推薦するのは当たり前のことだろう。ミーアが婚約していなければ、もっと早くに声をかけていたぞ」

「クレイン様の努力が実っただけなので、そんなことを言われるのは恐縮ですが、ちゃんとした理由があって安心しました。どうしてここまでしてくれたのか、ずっと気になっていたんですよ」

浮気された悪い噂を消すため、すぐに宮廷錬金術師の助手に誘われるなんて、普通に考えてあり得ない。御意見番として雇われたのも、不調を改善した実績があるとなれば自分を納得させることができる。

「言うつもりはなかったからな。あまり弱みは見せたくないし、カッコ悪い話だ」

「そうですか？　人間味があっていいと思いますよ」

「一時的とはいえ、錬金術ギルドでAランクからDランクまで落とされたんだぞ。すべてに見放されたような気分で、周りの視線も厳しいものだった」

「でも、今はランクも落ち着いたんですよね？」

「宮廷錬金術師になった時、トラブルにならないようにと、Sランクまで上げてもらっている」

「じゃあ、いいじゃないですか。私もカッコ悪い部分を見せていますし、過去を気にしていても仕方ありません。これからは、カッコ悪い者同士で仲良くやっていきましょう」

確かにな、とどこか納得した様子を見せたクレイン様は、大きく頷《うなず》いた。

「先を急いでしまったが、ミーアには錬金術の才能がある。一歩ずつ前に進むためにも、まずは巻物を使って形成スキルを練習するべきだな」

「才能があるかどうかは別にして、まだ感覚をつかめていないので、私もそれを優先できるとありがたいですね」

結局のところ、基礎的な技術を学び、成長していくしか方法はない。クレイン様と違って、私はまだまだ錬金術の初歩でつまずいているのだ。

「それと、もう一つ。今日の仕事帰りに錬金術ギルドへ寄って、登録だけは済ませておけ」

「えっ。私はまだ見習い錬金術師ですよ？　早くありませんか？」

「見習いでも構わない。ある程度の問題なら俺でもフォローしてやれるが、悪魔の領域は手に負えそうにない。大きな揉《も》め事に巻き込まれる前に、錬金術ギルドの保護下に入るべきだろう」

「クレイン様がそう言うなら、登録しますけど……」

「どうした？　問題でもあるのか？」

「元婚約者に会いたくないなーと思いまして」

私にわざわざ『本気を出す』と宣言した以上、ジール様が錬金術ギルドに足を運んでいる可能性が高い。また顔を合わせれば、突っかかってくる気がするので、できる限り近づきたくなかった。

しかし、そんな私の心配事を吹き飛ばすように、クレイン様は鼻で笑う。

「心配しなくても、奴はそれどころではない。予期せぬ来客の対応と、錬金術の難しさに頭を抱えている頃だ」

「ん？　どういう意味ですか？」

「いずれわかる。今は自分のことを優先するべきだ。ミーアが作ったポーションと俺の推薦状を持っていけば、すぐに登録を済ませてくれるだろう。用意しておくから、帰宅する際に錬金術ギルドに立ち寄ってくれ」

それだけ言うと、クレイン様はポーションの研究に戻っていった。

アリスも『ジール様は敗けフラグを立てている』と言っていたし、私の知らないところで何かが起きているのかもしれない。

一応、用心だけして錬金術ギルドで登録を済ませるとしよう。


仕事を終えた夕暮れ時、クレイン様から推薦状を受け取った私は、錬金術ギルドに立ち寄った。

冒険者ギルドと同じ大きな建物で、ポーション瓶の看板が目印になっている。大きく違うところは、荒くれ者の冒険者たちと違い、錬金術師は礼儀正しい人が多いので、雰囲気が柔らかかった。

ジール様のように気性の荒い人が例外なだけであって……。

恐る恐る周囲を見渡し、錬金術ギルドに足を踏み入れると、ギルド内の人の多さに驚いてしまう。

依頼の品を納品する錬金術師で混雑しているみたいだ。受付は列を作るほど大勢の人が並んでいて、賑《にぎ》わっている。

こんな場所でジール様に絡まれたら、必要以上に目立ち、大きな問題に発展しかねない。アリスの情報だと荒れているらしいから、ここは慎重にいきたいところである。

先にジール様がいるかどうかを確認したい私は、周囲をキョロキョロと見渡して、警戒した。すると、一人の女性が近づいてくる。

ゆるふわウェーブの髪を伸ばし、おっとりとした雰囲気を持つ、大人の女性。つかみどころがない性格で、自由をこよなく愛することで有名な、ヴァネッサ・ウェズレイさんだ。

錬金術ギルドのサブマスターを任されている元Aランク錬金術師であり、可愛らしい三日月型のネックレスをいつも身につけている。

「あら～。ミーアちゃん、いらっしゃい」

「お邪魔してます、ヴァネッサさん。この時間帯は初めて来たんですけど、随分と忙しそうですね」

「そうなの。ただでさえ忙しいのに、受付嬢が一人辞めちゃってね。猫の手も借りたいくらいよ」

「ああ、それは大変ですね……」

どこもかしこも人手不足か。受付が混雑しているのも、それが原因と見て間違いない。

しかし、ヴァネッサさんが手伝う気配はなかった。のんびりと受付を眺め「大変そうだわ～」と、他人事《ひとごと》のように過ごしている。

自由……という名のサボりだった。

「そうだ。ミーアちゃんは冒険者ギルドを辞めたのよね？　それなら、錬金術ギルドで働けばいいんじゃないかしら。これで人手不足も解消するわ」

「私の気持ちは反映されない感じですか？」

「遠慮しなくてもいいのよ。お給料、しっかり弾んでおくわ」

「そんな権限がないこと、ちゃんと知っていますからね」

「大丈夫よ。権限はなくても、金庫は漁《あさ》れるんだもの」

「変な事件に巻き込もうとしないでください。もう別の場所で働いていますし、今日は就職するために訪れたわけではありません。錬金術師の登録に来たんですから」

ヴァネッサさんに、クレイン様が書いてくれた推薦状と、自分で作ったポーションを差し出した。

本来であれば、錬金術ギルドに登録する際に技能試験を受ける必要がある。しかし、Bランク錬金術師以上の推薦と、本人が作った錬金アイテムが認められれば、免除してもらえる制度があった。

だから、ヴァネッサさんがポーションを査定してくれれば、そのまま錬金術ギルドに登録できるのだが……。

クレイン様の推薦状を見た瞬間、ヴァネッサさんの顔つきが僅かに変わる。

「ふーん、噂は本当だったのね」

「そ、そうですか。ここまで噂が広がっているんですね……」

「別にいいじゃない。良い噂が広がる分には、損しないんだもの」

どうやら婚約破棄の噂じゃなくて、宮廷錬金術師の助手になった噂の方みたいだ。ジール様と顔を合わせないかヒヤヒヤしていたから、てっきり前者のことかと思ってしまった。

錬金術ギルドで広まるのなら、どっちの噂も重荷にしかならないけど。

変に注目を浴びないといいなーと思っていると、私の作ったポーションをかざしたヴァネッサさんが目を細めた。

普段はふざけているばかりだけど、時折、彼女はこうして真剣な表情を浮かべる時がある。

「やっぱりね……」

「やっぱり？」

「ううん、こっちの話よ。ミーアちゃんが錬金術師を目指すなんて、やっぱりビックリしちゃうなーと思って」

すぐにコロッと表情が変わるため、見間違いかもしれない。今は晴れやかな笑顔を浮かべて、いつもと同じ雰囲気に戻っていた。

「じゃあ、ギルドに登録するから、こっちに来て。サブマスターの私が直々に登録してあげるわ」

ヴァネッサさんの申し出は、非常にありがたい。受付が混んでいるため、このまま登録を済ませてもらえると、大幅に時間が短縮できる。

しかし、何年も付き合いのある私は、厚意を素直に受け取りたくなかった。

それほど彼女は、良い意味でも悪い意味でも自由だから。

勝手に契約内容を変更したり、取引相手に割り増しで買わせようとしたり、依頼を押し付けてきたりと、とにかく自由にやりたい放題。

良い方向に転ぶか悪い方向に転ぶかは、ヴァネッサさんの気分次第で変わってしまう。

しかも、無茶なことを言っても、不思議とトラブルにならずに話が進んでいくのだから、いろんな意味で怖い。

よって、私は普通の受付嬢に担当してもらいたかった。

「ヴァネッサさんに対応されるのは、遠慮しておきます」

「あら、どうしてかしら。私はぜ～んぜん変なことなんてするつもりないわよ、うふふふ」

不敵な笑みを浮かべて言わないでください。信用できません。

「ほら、受付が混雑していますから、並んでいる人を先に対応してあげてください。私を優先したら、反感を買いますよ」

「気にしないで。私が人の意見を聞かないタイプだって、ここでは誰でも知っていることだわ」

列に並んでいる錬金術師たちが、ウンウンッと頷いているので、もはやヴァネッサさんに期待していないのかもしれない。

むしろ、遠慮したい人も多いみたいで、顔を背ける人までいた。

一方、受付女性たちは違う。手伝ってくださいよ〜、と言いたげな表情で仕事をしていた。

また誰か受付の人が辞めないか心配である。

「ミーアちゃんに〜、ロックオーン♪」

よって、獲物認定された私は捕獲され、ズルズルと引きずられていく。


何かの問題に巻き込まれないといいなーと思いつつも、受付カウンターにやってくると、意外にもヴァネッサさんはテキパキと動いて作業してくれた。

「ミーアちゃんが錬金術ギルドに登録する日がくるなんてね。お姉さんも感慨深いわ」

「急にお姉さんぶらないでください。それほど深い付き合いではありませんよ」

古い友人みたいな雰囲気で話しかけてこられるが、錬金術師の助手の仕事で軽くお世話になった程度で、詳しいことは何も知らない。

ただ、初対面から心の壁を感じさせないヴァネッサさんは、いつも気軽に接してくれていた。

「悲しいわ。私とミーアちゃんの仲なのに……」

あくまで取引先であるため、心の距離が近すぎるのはどうかと思う。まあ、ヴァネッサさんが気にするはずもないけど。

この雰囲気に慣れてしまうと、冗談の一つや二つを言われないと逆に心配になるのだから、本当に不思議な人だと思っている。唯一無二の存在と言っても過言ではない。

そんなヴァネッサさんが茶目っ気をひっこめると、また大人びた雰囲気で見つめてきた。

「でもね、いつかこうなるんじゃないか、って予感はあったのよ」

「女のカン、ってやつですか?」

「いいえ。今まで持ち込まれていたポーションに、ミーアちゃんの魔力が含まれている気がするなーって思っていたの」

ジール様の下で働いていた時、私がポーションの下準備をやっていたから、当然のことではある。

しかし、普通はポーションに含まれている魔力が誰のものなのか、認識できない。特殊な検査で判別するため、大きなトラブルに巻き込まれない限り、調べられることはないだろう。

それだけに、このことは言わない方がいい気がした。

錬金術師の登録をしていない人が、ギルド納品用のポーションの作成に関与していたとなれば、不正や処罰の対象になりかねない。

助手ならセーフのはずだけど……、私が作業の九割も担当していたと判明した今となっては、言い逃れができるとは思えなかった。

「冒険者ギルドでポーションを査定していましたが、術者の魔力を認識したことはありません。気のせいではないでしょうか」

「正確なことは言えないわ。でも、私みたいに魔力の波長を感じる人は、なんとなくわかるのよ」

そう言ったヴァネッサさんは、渡しておいたポーションを私の顔に近づけてきた。

「ほらっ、同じ波長が出てる。術者に似て、良いポーションね」

「あ、ありがとうございます……」

ニコッと笑うヴァネッサさんは、いつもと雰囲気が違い、ちょっぴり妖艶《ようえん》なお姉さんだった。

やっぱりサブマスターに任命されるくらいだから、錬金術には真摯《しんし》に向き合っているらしい。

「このポーションは見本品だし、くすねちゃってもいいかしら」

「然《しか》るべき対応を取ってください」

前言撤回。やっぱりヴァネッサさんは自由人である。少しでも見直した私が馬鹿だった。

早くも妖艶なお姉さんっぽい雰囲気が消失したヴァネッサさんは、錬金術師の登録をするため、気だるそうに書類にペンを走らせている。

「でも、どうして錬金術ギルドに登録する気になったの？　クレインちゃんのところで助手を始めたのなら、ポーションの研究が忙しくて、ギルドの依頼を受ける暇はないでしょう？」

く、クレインちゃん⁉　二人の関係は知らないが、ちゃん付けで呼んでいい相手ではないだろう。

侯爵家の長男であり、宮廷錬金術師だというのに。どうして怒られないのか、不思議で仕方ない。

「今のところは依頼を受けるつもりはありません。ただ、クレイン様が錬金術ギルドの保護下に入るために登録だけしておけ、と言って――」

そう話している途中で、ヴァネッサさんが私の口を人差し指で塞《ふさ》いだ。

「ミーアちゃん、そんなに素直に言っちゃダメよ。ギルドも営利目的で経営しているんだからね。私じゃなかったら、聞き流さなかったわ」

聞き流してくれるんだ、と思う反面、それもそうかと納得してしまう。

冒険者ギルドでは、身分証明書の代わりに登録する人もいるし、犯罪歴がない限りは登録を拒まない。命を落とす人が多かったり、年を取って引退したり、いろいろな街を転々としたりと、とにかく人の出入りが激しかった。

でも、錬金術ギルドは違う。誰でもできる仕事ではないだけに、資格がある者以外は受け付けていないみたいだ。

「錬金術ギルドに登録するといっても、私はまだ始めたばかりの見習い錬金術師です。依頼をこなすには、もう少し作業に慣れるまで時間が必要だと思います」

「先に登録だけ済ませて、働く意志を示しておくのは大事だと思うわ。でも、ポーションがしっかりと作れちゃう分、サボっていると判断されかねないのよ」

「私が作れるのは、ポーションだけです。まだ形成スキルを特訓している途中で、魔鉱石の加工もうまくできません」

「そうみたいね。失敗した形跡があるもの」

そう言われて自分の服を確認してみるが、魔鉱石が付着した様子は見当たらない。錬金術の仕事をする際は、必ず作業着とエプロンを身につけているので、汚れているところはない……はず。

しかし、ヴァネッサさんに頬を触られ、その手を見せてもらうと……。作業中に飛び散ったであろう魔鉱石の破片が、彼女の指先についていた。

さすが元Aランク錬金術師。形成スキルはお手のものみたいだ。

「あ、ありがとうございます……」

「どういたしまして」

今まで頬に鉱物を付着させて歩いていたことを考えると、恥ずかしくてしょうがない。

こんな思いをするくらいなら、鏡の前で入念にチェックしてくるべきだった。ギリギリまで練習した後、急いで着替えて工房を飛び出してきたから、クレイン様も気づかなかったんだろう。

うーん、さすがに誰にも文句は言えない。明らかに私の過失であり、自業自得だった。

「悲しいことに、見習い錬金術師だと自分で証明してしまいましたね」

「初々しくていいと思うわ。でもね、錬金術師として登録する限り、一人の社会人として扱われるの。ギルドに大きな利益をもたらすと判断されるBランク以上にならない限り、依頼はある程度受けないとダメよ」

仕事をサボってばかりのヴァネッサさんに言われるのは、妙に悔しい。言い返す言葉が見つからないほど正論なので、しゅーんと縮こまることしかできなかった。

「クレイン様に登録だけ済ませるように言われて来たんですけど、なんとかなりませんか？」

「だ〜め。クレインちゃんはそのあたりがわかってないのよね。錬金術ギルドはボランティアじゃないんだから」

これはどうするべきだろうか。勝手に依頼を受けると、助手の業務に支障をきたすかもしれない。今は形成スキルの練習をさせてもらっているけど、クレイン様が回してくださるポーションの作成依頼もあるし……。

そんなことを考えていると、ニヤニヤと不敵な笑みを浮かべるヴァネッサさんが顔を覗《のぞ》き込んできた。

「でーも、心配しないで。とびっっっきり良い方法があるから」

「な、なんですか。嫌な予感しかしないんですけど」

「ちょっとだけトラブルになってるポーションの取引があってね。早めに手を打ちたいなーと思っていたところなのよ」

「普通、登録したばかりの見習い錬金術師に、そんな危なそうな依頼を押し付けようとします？」

「問題ないわ。見本品に持ってきてくれたポーションと同じものを定期的に納品してくれたら、後は私が処理しておくから。ね？　おいしい話でしょう？」

ヴァネッサさんが両手を合わせてお願いしてくるので、ここは妥協せざるを得ない。なんだかんだで彼女はギルドのサブマスターだから、顔を立てる必要があった。

身分の低い貴族というのは、こういう時に損をしてしまう。

少しくらいはお願いを断れるようにならないとなー。

「もう……。変な依頼を受けるのは、今回だけですからね。これくらいのポーションなら、簡単に納品できると思いますので、助手の仕事にも支障はきたさないと思います」

「これくらいのポーションなら、ね。ふふっ、やっぱりミーアちゃんは面白い子だわ」

満面の笑みを向けてきたヴァネッサさんは、まるで予め用意していたかのようにポーションの契約書を出してきた。

無事に錬金術師の登録ができるのであれば、別に構わないが……。

「じゃあ、ミーアちゃん。Cランク依頼、頑張ってね。今週末までに、ポーションを百本納品してくれると嬉しいわ」

「ん？　Cランク依頼で、百本……？　いろいろと聞き間違えた気がしますので、もう一度言ってもらってもいいですか？」

先ほどの笑みから一変して、苦笑いを浮かべるヴァネッサさんを見れば、思っている以上に厄介な問題だと推測できる。

本当に見習いの私が受けても大丈夫な依頼なんだろうか。

「ほらっ、一応トラブル案件だから、迅速な対応でパパッと処理できるとありがたいのよ。クレインちゃんの助手が対応してくれたとなれば、相手側も納得すると思うわ」

「むう……、まさかそんな打算的な作戦でくるなんて。先に依頼内容を確認するべきでした」

「お願いっ！　ミーアちゃんにもクレインちゃんにも、絶対に迷惑をかけないって誓うから」

「……本当に今回だけですからね」

「ありがとう、ミーアちゃん！　大好きよ！」

今後はヴァネッサさんからの依頼は軽い気持ちで受けないでおこうと心に決め、私は契約書にサインするのであった。

幕間　失われる希望（Side：ジール）

時は少し遡《さかのぼ》り、ミーアが形成スキルの練習に励んでいる頃。

錬金術ギルドを訪れたジールは、呆《あき》れるようにため息をつくヴァネッサに頭を下げていた。

「頼む！　少しだけポーションの納品を延期してくれ！」

ポーションが作れなくなった影響は大きく、店内に商品を並べることも依頼主に納品することもできず、早くも廃業状態に陥っている。

すでにウルフウッド公爵との大型契約を打ち切られたジールは、手段を選んでいる場合ではない。自身のプライドと経歴に傷がついたとしても、なんとか既存の契約だけは守ろうとしていた。

「あら〜、ちゃんと頭を下げられて偉いわね。でも、もともと態度の悪い錬金術師は目立っちゃうから、誰も仲介したがらないと思うわ」

前回、錬金術ギルドで悪態をついたジールに、関わりを持ちたいと思う者はいない。王都に流れる噂《うわさ》の一つ『人の心を持たない最低な男』と言われていることを、自分で証明してしまったのだ。

問題を起こす危険性が高い者に対して、錬金術ギルドが悪い意味で注視するのは、当然のこと。

ジールの厄介事には、然《しか》るべき人間が対応する必要があると判断されたため、サブマスターのヴァネッサが担当していた。

「品質の良いポーションが取り柄《え》だったのに、それがなくなっちゃったらねー。Ｃランクの……えーっと、誰だっけ？　ボールさん？」

「……ジールだ」

とぼけたようなヴァネッサの言い間違いを聞き、錬金術ギルドのギルドマスターに一目を置かれている俺の存在を知らないのか？　と、ジールは反発したかったが、グッと堪《こら》えた。

「ああ～、ジールさんね。納品の延期理由を教えてもらってもいいかしら。取引先に説明しないと、錬金術ギルドの信用に関わるの」

「い、言えない。だが、もう少し待ってくれれば、いつも納品しているポーションよりすごいものを作ってみせる。それだけは約束しよう」

錬金術に本気で挑み続ければ、あっという間にスランプなんて脱出できると思っていたが、現実は甘くない。

口では大層なことを言っていても、ポーションが作れる保証など、どこにも存在しなかった。

眠ってしまった才能が開花することはなく、こうしてポーションの納品日を迎えているのだから。

――とにかく今は時間を稼がなければ。天才錬金術師である俺の頼み事なら、錬金術ギルドも無下にはできないはずだ。

ジールはそう思っていたのだが……。

「じゃあ、契約解除を前提に話を進めるわね。後は持ち込んでくるポーション次第で、再契約を結ぶか考えるわ」

無情にも、ヴァネッサにアッサリと契約解除を言い渡されてしまう。

これには、へりくだった態度を取っていたジールも、さすがに我慢できなかった。

「はあ？　横暴だろ！　そんなに簡単に契約を打ち切っていいはずがない！」

「ギルド経由で結んだ契約なんだから、あなたが納得するかどうかは関係ないのよ。正当な理由もなく納期が遅れている時点で、契約違反は確定しているの」

ヴァネッサの言い分は正しい。錬金術ギルドで定められた規則に基づいた対応をしている。

それがわかっているからこそ、ジールは言い返す言葉が見つからず、苛立《いらだ》ってしまう。

「少しくらいはいいだろ！　俺はBランクに昇格する話も出ている錬金術師だぞ！　次世代を代表する人間に、こんな扱いをしてもいいと思っているのか！」

自分は特別な存在であり、天才錬金術師だ。もっと敬うべきであって、決して無下な扱いをしてもいい人間ではない。

強く取り乱したジールは憤るが、ヴァネッサには関係なかった。

迷うことなくそれを否定する。

「寝ぼけているのね。次世代を代表したいのなら、最低でもBランクになってから言ってちょうだい。君みたいな人材はゴロゴロいるのよ」

「どっちが寝ぼけているっていうんだ！　俺ほどの若さでBランクに挑戦しようとする者は――」

「生涯現役で過ごす人も多いから、錬金術師に年齢なんて関係ないわ。もちろん、早熟して腕が伸びなくなって、哀れな姿を見せる人もいるけど……？」

ヴァネッサに哀れみの視線を向けられ、ジールは冷静でいられなくなってしまう。

自分が一番気にしているデリケートな悩みに、いとも簡単に踏み込まれているのだから。

「違う！　俺は天才だ。次世代を代表する天才錬金術師だぞ！」

「よ〜く覚えておくといいわ。天才などこの世に存在しないって。多くの人間にはできない努力を積み重ねた者が、天才と呼ばれるにすぎないの。自分で次世代とか天才だと名乗っている時点で、オママゴトと同じよ」

「錬金術の世界から逃げたクソ女が……！」

「すごーいポーションを作ってきてから言うことね、ぼくちゃん。まあ、君にポーションが作れたら、の話だけど」

すべてを見透かしているようなヴァネッサの視線と言葉に、ジールの胃がキリキリと痛み始める。

ポーションが作れない、そのことを突き止められるわけにはいかない。錬金術ギルドでの評価が下げられたら、すべての契約に影響を及ぼしてしまう。

これ以上ヴァネッサと関わるべきではないと判断したジールは、余計なことを言う前に錬金術ギルドを後にした。

焦りと苛立ちから大声を張り上げてしまったため、周囲の人々に軽蔑の眼差《まなざ》しを向けられながら。


錬金術ギルドを後にしたジールは、追い込まれたようにうつむき、早足で歩いていた。

街には自分の悪い噂ばかりが流れていて、周りには敵しかいない。やっと良い噂が流れていると思ったら、自分が突き放したミーアを称賛するものばかり。

それがどうしようもなく惨めに感じられて、苛立ちが加速してしまう。しかし、今の自分ではどうすることもできなかった。

現状を打破するには、買い込んだ薬草でポーションを作り出すしかない。見返す方法は、それだけだ。

そんな思いで自分の店まで戻ってくると、三人の騎士の姿が視界に入り、ジールは物陰に隠れる。

「ジール・ボイトス殿！　店にはおられぬのか！」

騎士団との大型契約も納期が遅れているため、わざわざ三人の騎士が取り立てに来ていた。

「いったいどうなっておる。ポーションの契約を結んだばかりだというのに、期日が過ぎても納品に来ないとは」

「何か問題が起きたとしても、普通は事情を説明した上で半分くらいは納品するぞ。どうにもヤバそうな奴だな」

「婚約者に捨てられたって噂もありますからね。本当は仕事ができない無能な男だったんじゃないんすか？　この店、潰《つぶ》れたような雰囲気がありますよ」

ガラス越しに店を覗《のぞ》く騎士に見えているのは、商品がまったく並んでいない空き家のような光景。それが今のジールの状況を、一番正確に表していた。

「騎士団と契約したばかりで、夜逃げするほど馬鹿ではないと思うが。一度、錬金術ギルドに問い合わせてみるか」

「もうすぐ魔法学園の遠征実習もありますからね。用心しておいた方がいいでしょう」

「遠征実習のポーションは魔法学園持ちですすよ。あっ、先輩の娘さんも参加されるんでしたね。それはさぞ心配なことで……」

騎士が去っていった後、ジールはコッソリと裏口から店の中に入る。

本来なら、そこに納品時期が近いポーションを置いているが、今はガランッとしていて何もない。雇っていた従業員にも早々に見切りをつけられ、店内はシーンッと静まり返っていた。

そんな悲惨な状況に耐えられず、思わずジールは壁に拳を叩《たた》きつける。

「クソッ！　下っ端の三流騎士が好き放題言いやがって！　天才の俺様が無能なわけないだろ！」

プライドの高いジールにとって、無名の騎士に見下されるのは、我慢できるものではなかった。

「これ以上、ポーションの契約を打ち切られるわけにはいかない。なんとかスランプを抜け出せば、まだやり直せる。大丈夫だ、俺は天才なんだから」

いったん心を落ち着け、荒れ果てた工房を掃除していると、不意に裏口から物音が聞こえてくる。

恐る恐る誰が来たか確認すると、そこには大量の薬草を抱えたカタリナの姿があった。

薬草さえあれば、何度でもポーションづくりに挑戦ができる。今まで稼いだ金があれば、薬草なんて山のように買える……はずだった。

「ジール様……。これで、最後らしいです」

「はっ？　何を言ってるんだ？」

「販売できる薬草は、これで最後らしいですぅ……」

半泣きのカタリナの姿を見て、嘘《うそ》を言っているわけではないと、ジールは察する。

「どうしたんだ？　今は雨期でもないし、王都にはいくつもの薬草菜園がある。こんな時期に薬草が不足するはずないだろ」

「でも〜、いろんな店に目をつけられちゃってるみたいで、これ以上は買えそうにないっていうか、店頭にも薬草が並んでないっていうか……」

何が起きているのかわからない。少し前にカタリナと買い出しに行った時は、初めての店でも問題なく買えていた。

それなのに、どうして急にこんなことに……。

「顔を見ただけで追い出してくるところもあったんですよ。お前らのせいだ、って言われて〜。どうして私が怒られないといけないんですか〜？」

お前らのせい……？　その言葉と共に泣きつくカタリナの姿を見て、ジールは恐る恐る振り返る。

そこには、掃除したばかりの薬草の残骸が大量に溢《あふ》れていた。

――まさか俺が薬草を買い占めた影響で王都が薬草不足に？　いや、そ、そんなはずはない。たった一人の錬金術師が大量に消費したくらいで、深刻な事態に陥ることなどあるはずが……。

しかし、現実を突き付けるようにカタリナが泣きじゃくっていた。

そして、短期間のうちに今までと比較できないほどの薬草を使い続けてきた記憶が蘇《よみがえ》ってくる。

「ぐすっ、騎士団にポーションを納品しなくちゃいけないって言って、ぐすっ、無理やり買ってくることしかできなくて～……」

心を落ち着かせたい気持ちと、現実逃避したい気持ちが重なり、ジールは冷静でいられなくなってしまう。

カタリナが騎士団との契約まで持ち出して、貴重な薬草まで買い込んできたとなれば、もう後戻りはできなかった。

これでポーションが作れなかったら、王都に居場所はない。それどころか、罪に問われる可能性が出てくる。

その重圧と焦りから、気づかぬうちにジールの手は震えていた。

「ジール様、本当に大丈夫なんですよね？　ポーション、作れるんですよね？」

「あ、当たり前だろ。俺は天才錬金術師……なんだからな」

「そう、ですよね。ジール様は、天才ですもんね……」

今となっては、天才という言葉が虚《むな》しい。口では肯定していても、もう心はついてこなかった。

新しいポーション

錬金術ギルドに登録した翌朝、ヴァネッサさんからポーションの制作依頼を受けた私は、クレイン様の工房にいち早く出勤していた。

本来なら形成スキルを練習する予定だったのに……と思いつつも、自分で依頼を受けた以上は仕方ない。

錬金術ギルドに登録するために必要なことだったと割り切り、調合作業に取り組んでいる。

「もう少しで形成スキルのコツがつかめそうな感じはしてたんだけどなー」

ブツブツとボヤきながら調合作業をしていると、出勤したばかりのクレイン様と目が合った。

ポーションを作っていることに疑問を抱いたのか、目を細めてまじまじと見られてしまう。

「どうして朝からポーションを作っているんだ？」

「ヴァネッサさんに嵌《は》められたというか、頼まれたというか。最終的に断りにくい状況になって、依頼を受ける形になりました」

ちょっぴりムスッとして答える私は、自分でもわかるほど不貞腐《ふてくさ》れていた。

クレイン様は悪くないとわかっている。それでも、愚痴をこぼせる人が彼しかいないので、ついつい態度に出てしまっていた。

「ポーションの作成依頼にしては、また随分な量だな」

「問題はそこなんです。納期も今週末とギリギリなので、今朝オババ様の店に寄って、買い出しましてきたんですよ」

百本ものポーションを作るとなれば、工房内の薬草で足りなくなるのも、当然のこと。

オババ様にも「また買いに来たのかい？」と呆《あき》れられたが、私も同じことを思っている。いくら錬金術が好きとはいえ、限度というものがあるだろう。

いったいヴァネッサさんは何を考えているんだか。見習い錬金術師にCランク依頼の契約をさせるなんて、先方に怒られないのかな。

そんなことを考えていると、クレイン様も状況を理解してくれたみたいで、苦笑いを浮かべる。

「ああー……。彼女はとぼけているが、かなりのやり手だからな」

「以前から面識がありましたし、そういう方だとは思っていたんですけど……うぐっ。完全に油断していました」

「ポーションづくりは、簡単そうに見えて奥が深い。良質なポーションを作れる錬金術師に、早く実績を作ってもらいたかったんだろう」

「そんなことを言われても困ります。今週末までに、ポーションを百本も作らなきゃいけなくなったんですよ」

まあ、ポーションなら簡単に作れるし……と、軽い気持ちで引き受けたのだが、やっぱり私はまだまだ見習い錬金術師だ。今日は魔力がうまく制御できなくて、ポーションづくりに苦戦している。

時間をかけて作業しているのに、調合領域の展開が安定せず、魔力消費量が増えるばかり。まだポーションが一本も作れていなかった。

このペースだと、今週末までに納品するのは難しい。なんとか調合スキルのコツをつかみ直して、ポーションを作り上げないと。

必死に作業する私を見たクレイン様は、何か言いたげな表情で近づいてくる。

「一応、依頼はしばらく受けさせないようにと、推薦状に書いておいたんだがな」

「ヴァネッサさんは自由な方ですからね。言うことを聞いてくれるつもりはないんでしょう」

「それもそうだな。彼女ほど自由な人間は存在しないし、反論するだけ無駄なことだ」

クレイン様のことを、クレインちゃん、と呼ぶくらいですもんね。本当にヴァネッサさんはつかめない人ですよ。

こうなった以上は、早くポーションを作って納品したい。それなのに、どうしてだろう。今日は本当にポーションづくりが難しくて、うまくいかなかった。

「初めて自分の名前で受ける依頼にしては、大きな契約なんですよね。そのプレッシャーからか、経験不足の影響か、なんかこう……ポーションがうまく作れなくて……」

「だろうな。形成の魔法陣の上でやれば、魔力が干渉してやりにくくなるぞ」

真顔のクレイン様にそう言われ、ふと視線を作業台に移す。すると、魔鉱石で形成スキルの練習ばかりしていた影響で、巻物を敷いたまま作業していることが発覚した。

素人丸出しの完全なる凡ミスである。

「本当ですね。魔法陣の上で作業することが、習慣化していたみたいです。……って、気づいていたなら、早く教えてくださいよ」

「普通は自分で気づくところだ。その状態でよくポーションが作れるなと、逆に感心していたところだぞ」

「どうりでおかしいと思いましたよ。すごい難しいんですから。ここまできたのなら、意地でもこれだけポーションにしますけどね……っと。ふぅ～、ようやく一本できました」

慣れない調合スキルの違和感を、自分の技術不足だと誤解するとは。見習い錬金術師らしいミスをしてしまった。

うっかりしていたなーと思いながら、作り終えたポーションを片づけようとした瞬間、クレイン様にガシッと腕をつかまれる。

「待て。なんだそれは」

「えっ？　いや、普通のポーショ……ン？」

クレイン様に言われて、長時間かけて作ったポーションを確認してみると、明らかに普通の状態ではなかった。

二つの綺麗《きれい》な青色が混じり合い、とても澄んで見える。日の光が当たると、光り輝いていた。

ポーションが形成スキルの影響を受けたらしく、成分が変化しているみたいだ。

「なんでしょう、これ」

「自分で作ったものだろ」

「普通にポーションを作っただけですよ。すごいやりにくいなとは思いましたけど」

「改めて言うが、途中で気づいてくれ」

「こっちは見習い錬金術師ですよ。初歩的なミスくらいはしますから」

そんな細かい言い合いをしていても、やはり気になるのは、このポーションだ。

冒険者ギルドで働いていた時も、こんなポーションは見たことがない。クレイン様も知らないのなら、かなり珍しいものだろう。

まさかとは思うけど、新種のポーションが誕生してしまったのかな。さすがにそんなはずは……と思いつつも、興味津々な私とクレイン様は、ポーションをジッと見つめる。

「ミドルポーションみたいだな」

「ミドルポーションみたいですね」

意見が被《かぶ》ったので、やっぱり普通のポーションができたわけではなく、上位変換されたポーションができたと考えるべきだろう。

一般的にポーションと呼んでいるのは、回復ポーションのことであり、擦《かす》り傷による出血を止め、軽い傷を治癒させる効果がある。

一方、ワンランク上のミドルポーションにもなれば、回復ポーションでは治せない深い傷を治癒させる効果があった。

「ミドルポーションを作ろうとしたら、素材や作り方が違いますよね？」

「ああ。普通の薬草で作れるなんて、聞いたことがない。おそらく、形成スキルの影響を受けて、薬草の回復成分が向上したんだろう」

「なるほど。では、ミドルポーションよりも回復しないけど、普通のポーションよりは品質が良い、という感じでしょうか」

「詳しく成分を分析しないとわからないが、俺も同じように考えている。魔力の含まれる量も違うし、見れば見るほど不思議なポーションだな」

冷静に査定しても、結果は変わらない。普通のポーションではなく、ミドルポーションに近いものが誕生してしまった。

どうしてこんなものができたんだろうか。魔法陣の上で調合領域を展開して、普通に作っただけなのに……。

「いや、こんなことあります？」

「作った本人が言うな。薬草の成分を形成スキルで向上させたと考えるべきだ」

そんなことを言われても……という気持ちになるが、どう見てもこのポーションは謎に包まれている。見た目も成分も作り方も、何もかもが普通のポーションと異なっていた。

これもまた【悪魔の領域】と同じように、ビギナーズラックと言えるのかもしれない。

ただし、今回は決定的に違う点が一つだけある。

「再現性が高そうですよね」

形成の魔法陣が描かれた巻物を敷いて、ポーションを作っただけ。それさえわかれば、この現象が何なのか、解明することができるかもしれない。

「ポーションの材料は残っているな」

「下処理が終わったばかりなので、いくつでも作れます」

「よし、わかった。魔法陣の上で調合する以外に、特別なことはやったか？」

「他に特定の条件はありません。調合と形成の二つの領域内で、ポーションを作成するだけです」

思い立ったが吉日。早速、私たちは魔法陣の上でポーションの作成に取り掛かる。

しかし、そう簡単に作れるものではない。自分の魔力で錬金術をしているのか疑いたくなるほど、形成の魔法陣が妨害してくるのだ。

顔をしかめるクレイン様を見れば、かなり難度の高いことをやっていたと推測できる。

「こんなにも魔力が干渉する中で、よく調合作業を続けていたな」

「見習い錬金術師を舐《な》めないでください。正しい判断ができないんですから」

「一つだけ言っておくが、ハイポーションの作成よりも難しいぞ」

「上級ポーションじゃないですか。まさかそんなにも難度が高いものだったなんて」

「心配するな。俺よりミーアの方が魔力操作はうまい」

「お世辞はありがたく受け取っておきますよ。どう見ても、クレイン様の方が早いですし」

「経験の差が出ているだけだ」

そのまま必死になって調合を続けるものの、すんなりとは作れない。慣れない作業で集中力が切れやすく、普通に作るよりも魔力消費量が大きかった。

まさか宮廷錬金術師のクレイン様でも苦戦するほどとは、夢にも思わなかったが。

広々とした工房の中、小さな魔法陣の上で調合を続けていると、先にクレイン様が肩の力を抜き、一本のポーションを作り上げる。

しばらくして、私ももう一度ポーションを作り終えた。

それらのポーションを照らし合わせてみると、最初に作ったものと同じものができている。

「同じものが三本もできたとなれば、確定だな」

「そうみたいですね。改めて作ってみると、思っている以上にしんどかったです」

「見習い錬金術師がやる作業ではない。一本でもよく作り上げたと思うレベルだぞ」

錬金術に厳しいクレイン様がここまで言うんだから、本当に高難度の調合作業だったんだろう。

一緒に新種のポーションを作ったクレイン様は、満足そうな顔でそれを見つめていた。

「このポーションはどうしましょうか」

「普通のポーションと同等に扱うべきではない。問題ないと思うが、人体に悪影響が出ないか確認して、然《しか》るべき処置を取ろう」

「よろしくお願いします」

苦労して作った分、良いポーションであってほしいと思いながら、私が作った二本のポーションもクレイン様に預けた。

「後は作成方法についてですね。違う素材でも同じことが起こるのか、形成スキルと調合スキルを多重展開できるのか、という部分がポイントになるでしょうか」

「前者については、できる可能性が高い。形成の魔法陣が魔力に干渉してくるが、悪影響を及ぼしてはいない気がした」

「同意見です。作りにくくなるものの、薬草の成分を悪化させているとは思いませんでした」

他の種類のポーションも同様に上位互換ができるのかどうかは、やってみないとわからない。難度が高いのは間違いないけど、やってみる価値はある。

「後者については、わからないな。形成と調合のスキルを同時に使うなど、考えたこともなかった」

「このまま魔法陣を使う形だと、高ランクの素材でアウトになりますよね」

「これは形成スキルの感覚をつかむための補助道具だからな。魔力を多く含むCランク以上の素材で使おうとすれば、魔法陣が反応しなくなる」

未《いま》だに形成スキルが使えない私にとっては、どうしようもない。まずはスキルを身につけないと、先に進めないような状態だった。

「まあいい。現段階でわかったことだけでも、有用なことだ。後は何度も挑戦して、少しずつ問題点を探り出していくぞ」

キリッと気を引き締めているクレイン様には悪いが、私は新種のポーションを開発していたわけではない。ヴァネッサさんから引き受けた依頼をこなしていただけである。

よって、ポーションの下準備はしてあるものの、これを使って実験するのは避けたかった。

「お待ちください。これは依頼をこなすための薬草なので、実験する余裕はありませんよ」

「……それもそうか。わかった、俺が買い出しに行ってこよう」

物わかりが良くて助かる、と言いたいところだが、クレイン様を買い出しに行かせるわけにもいかない。

宮廷錬金術師が買い出しに行って、助手が工房で調合作業に励むなんて、前代未聞の珍事になるだろう。

「クレイン様はポーションの研究を続けてください。買い出しは助手の仕事ですから」

いったん作業を中断して、私が買い出しに向かうしかないのであった。


クレイン様の工房を後にした私は、しばらく歩き進めて、馴染《なじ》みの店に吸い込まれるように入っていく。

「オババ様。また薬草をください」

今朝も買い出しに来たばかりなのに、同じものを買いに来ることになるとは思わなかった。

もっと落ち着いて形成スキルの練習がしたい。でも、ヴァネッサさんのポーション依頼も助手の仕事もサボるわけにはいかなかった。

「どうしたんだい、そんなシケた顔をして。まさかとは思うが、ポーションづくりにつまずいてるんじゃないだろうね」

「逆なんですよ。ポーションづくりがうまくいきすぎた結果、その仕事ばかりが舞い込んでくるんです。形成スキルを練習する時間が取れなくて、困っているんですよね」

ムスッとした私とは裏腹に、オババ様は呆れるように大きなため息をつく。

「贅沢《ぜいたく》な悩みを持ってるんだねえ。そんなことを言うのは、あんたくらいだよ」

「否定はしませんけど、もうちょっとバランスというものがあってもいいと思うんですよ」

ついつい愚痴をこぼしてしまうが、オババ様の言う通り、自分が恵まれた環境に身を置いていることくらいはわかっている。

見習い錬金術師が仕事に溢《あふ》れるなど、普通なら考えられないことだ。ジール様の時なんて、数年かけて実績を作り、ようやく錬金術ギルドからCランクの契約依頼の話をもらっていた。

それなのに、どうして私は錬金術ギルドに登録した初日で、Cランクの契約を結ばされたんだろうか。自分のことながら、サッパリわからない。

そんなことを考えながら店内を見渡していると、いつも薬草が置いてあるスペースが珍しく空っぽになっていた。

「あれ？　オババ様、薬草はどこにいったんですか？」

「自分の胸に聞いてみな。買い占めた犯人がわかるだろうに」

ギクッとしてしまうのも、無理はない。数時間前に大量購入しただけでなく、最近は何度もオババ様の店に足を運んでいる。

ジール様の下で助手をしていた時に買いに来て、クレイン様の助手になった後に買いに来て、ヴァネッサさんの依頼をこなすために買いに来た。

ポーションを二、三十本納品する依頼ならともかく、百本単位で納品する大型依頼ばかり受けているのだから、買い占めたと言われても納得がいく。

私の言い訳でオババ様が納得してくれるかどうかは、別の話だが。

「まだ裏に在庫はあるがねえ、うちにも他に取引先がある。そんなに大量に買い込まれたら、さすがに店頭には並べられないよ」

「それは……すみません」

「もっと反省することだね。おかげで品質の落ちた薬草を高額で売り付ける商売ができなくなっちまったよ。イーヒッヒッヒ」

そこは品質の良いものを高値で売ってください。わざわざぼったくる必要はありませんよ。

買い占めた私が言うのもなんですけどね。

オババ様の店で薬草が買えないとわかり、他の問屋さんに足を運ぶ必要が出てくると、どこに行けばいいのかわからなくなってしまう。

近年はオババ様の店ばかりで薬草を購入していたため、他の店の状況がサッパリ読めなかった。

「オババ様の店以外で、良さそうな薬草を取り揃《そろ》えているところって、どこかありますか？」

「ありゃしないね。うちが一番に決まってるだろうに」

「そこをなんとかお願いします。教えていただけたら、こちらのきな粉餅を差し上げますので」

こんな短期間のうちに何度も買いに来るのであれば、私も差し入れの一つくらいは持ってくる。

貴族が円滑な取引を進めるためによく使う方法であり、甘いもの好きのオババ様には非常に効果的だった。

当然、事前に先方の好物くらいは把握しておくものである。

「イーヒッヒッヒ。あんた、よくわかってるね」

「社会経験がありますからね」

「ここまでしてもらったら、教えないわけにはいかない……と言いたいんだがね。今は本当にないんだよ」

「ん？　どういうことですか？」

王都にはいくつも薬草菜園があるため、薬草不足に陥るケースは滅多にない。

戦時中だったり、魔物が大量発生したり、日照りが続いたりしない限り、十分な量の薬草が市場に出回るはずだ。

「腕のない馬鹿な錬金術師が買い占めに走ったみたいでねえ、どこでも品薄状態なんだよ。こういうのは危ないと気づいた時にはもう遅くて、今は取引に制限をかけているくらいさ」

「ええー……。そんな目をつけられるようなことをしたら、周囲から反感を買うだけなのに。錬金術師だったらわかると思うんだけど、いったい誰が……」

「イーヒッヒッヒ。知らぬが仏というやつかもしれないね。薬草が大量に欲しいなら、冒険者ギルドで調達してきな」

冒険者ギルド、か。貴族担当のカタリナが辞めて、アリスが担当してくれているみたいだし、ちょっとくらいは顔を出してみようかな。

退職して間もないから、恥ずかしい気持ちはあるけど。

すぐに冒険者ギルドへ向かおう、と思うものの、お土産を渡したとはいえ、オババ様の店は手ぶらでは出にくい。

クレイン様も他の素材で実験したいと考えるはずだから、良さそうな品を購入していこう。

「ミドルポーションの素材を少し買っていきます」

「イーヒッヒッヒ。本当にあんたはいい子だね。ほれ、これが一番良い素材だよ」

「……これは粗悪品です」

「そういうところは面白くないねえ。ちょっとくらいは引っ掛かってくれてもいいだろうに」

「私でぼったくろうとしないでください」

「情報料をいただこうとしただけさ」

やっぱりオババ様は侮れないと思いつつ、ミドルポーションの素材を購入して、冒険者ギルドへ向かうのだった。

オババ様の店を後にして大通りを歩いていると、芳《こう》ばしい小麦の香りがフワッと漂ってきて、一軒のお菓子屋さんが目に留まる。

冒険者ギルドで働いていた頃、貴族に差し入れするお菓子を購入していた馴染みの店だ。

お菓子の品質が良いだけでなく、綺麗な菓子箱に包装されているため、貴族の受けがいい。今まで取引を円満に進めてこられたのは、この店のおかげでもあった。

「オババ様もきな粉餅を喜んでくれたし、せっかくならみんなにも何か買っていこう」

婚約破棄や新生活でドタバタしていて、まだ冒険者ギルドでお世話になった人たちにお礼ができていなかったから、ちょうどいいかもしれない。

最後にいろいろ心配かけた分、奮発しちゃおうかな。

宮廷錬金術師の助手で高給取りになった私は、財布の紐《ひも》を緩めて、お菓子屋さんに入っていく。

店内には、クッキーやケーキ、パイなど……いろいろな種類のお菓子が用意されていて、女性客が夢中になって眺めていた。

お菓子を見ているだけでも癒《いや》されるし、店内は小麦とバターの香りが充満していて、心が安らぐ。

今日もおいしそうなものがいっぱい置いてあるなーと目移りしていると、店員の女性が近づいてきて、笑みを向けてくれた。

「ミーアちゃん、いらっしゃい」

「お邪魔してます。今日は一段と良い香りがして、おいしそうですね」

「来るタイミングが良かっただけよ。ちょうど新作のクッキーが焼き上がったところだから」

思いもよらない言葉を聞いて、ゴクリッと喉を鳴らしてしまう。

オババ様ほどではないが、私も甘いものが好きだ。新作のお菓子ともなれば、好奇心を抑えられそうにない。

「試食できるけど、どうする？」

「ぜひお願いします！」

「じゃあ、ちょっと待っててね。持ってくるわ」

期待に胸を弾ませながら、私はクッキーを取りに行ってくれた店員さんを見送った。

お菓子屋さんも、貴族の舌に合うのか気になるみたいで、こうして新作が出る度に試食させてもらっている。そのお礼の意味も込めて購入すると喜ばれるので、ずっと仲良くさせてもらっていた。

今回はどんな感じのクッキーなんだろう、と楽しみに待っていると、店員さんが小さな皿を持ってきてくれる。

そこには、薄くスライスされたアーモンドがちりばめられたクッキーがのっていた。

「アーモンドクッキーを作ってみたの」

焼き目がついている影響か、焼きたてだからかわからないけど、アーモンドの風味豊かな香りが心地よくて、食欲をそそる。

これは期待値が高いと思いつつ、アーモンドクッキーを口に運んだ。

しっとりしたクッキーがホロッと崩れ落ちる食感と、スライスされたアーモンドのザクッとした食感が堪《たま》らない。小麦とバターの風味が混じり合う生地もほど良い甘さに仕上げてあり、後味にはアーモンドの旨味《うまみ》がちゃんと残っていた。

「ん〜！　おいしいですね！　これはまた一段と人気が出る気がします」

「苦労して作ったものだから、ミーアちゃんにそう言ってもらえると嬉《うれ》しいわ」

食べ終わった後でもアーモンドクッキーの余韻が残っているので、こだわって作っているのは、間違いない。そして、もう少し食べたいと思うほどにはおいしかった。

今までの私であれば、迷わず差し入れする分だけ購入して、店を後にしているだろう。しかし、今は状況が違う。

転職して給料がグーンッと上がっただけでなく、婚約破棄でフリーになり、ダイエットする必要がない。

ずっと我慢を強いられてきた人生だったんだから、たまには贅沢してもいいのではないだろうか。

「今日は新作クッキーを二箱、クッキーの詰め合わせを二箱いただいてもいいですか？」

「いつもありがとね。すぐに用意するわ」

店員さんが背を向けて歩いていく姿を見ながら、私はニヤニヤしそうな表情筋を引き締める。

本当に買っちゃった……と、初めて買う自分へのご褒美に胸を躍らせながら。


菓子折りを購入した私は、再び大通りを歩き進めて、冒険者ギルドに到着する。

早くも懐かしい気持ちを抱いて中に入ると、そこにはアリスの見慣れない姿があった。

「えーっと、この内容で護衛依頼を受けま……了解し……あれ？　承ります、です」

普段は荒くれ者の冒険者たちを接客しているが、今日は年配の貴族男性を相手にしている。

使い慣れない敬語を意識していることもあり、とてもたどたどしかった。

頭がショートしそうなほど考えているであろう彼女には、これが精一杯。真面目にやっているのはわかるが、お世辞にも良い接客とは言えなかった。

「承る、じゃなかったんでしたっけ？」

「承るで合っているが……、本当に君に任せても大丈夫かね」

「は、はい！　大丈夫で承ります！」

全然大丈夫ではない。アリスの敬語は明らかに使い方が間違っている。貴族への対応としては、大変失礼な行為だった。

しかし、相手にしている年配の貴族男性は、満更でもなさそうな表情を浮かべている。

「君を見ていると、幼少期の娘に貴族教育を施していた頃を思い出すよ」

不器用ながら頑張って応対しようとするアリスを見て、懐かしい気持ちが蘇《よみがえ》ったみたいだ。

言葉遣いを間違うだけでトラブルになる貴族の世界において、こういうケースは珍しい。普通なら、侮辱されていると誤解され、血相を変えて怒られてしまう。

「私って、そんなに貴族っぽい顔してます？」

「フッ。そうかもしれないな」

なお、当の本人は何も気づいておらず、呑気《のんき》なことを言っている。年配の貴族男性が良い方でなければ、大事件が勃発《ぼっぱつ》していたに違いない。

「今回はこれで頼むよ」

「承りです！」

気分を良くした貴族男性が席を立つと、そのまま何事もなかったかのようにギルドを後にした。

一方、慣れない顧客対応に頭をフル回転させていたアリスは、どっと疲れたみたいで、大きなため息をついている。

そんな彼女に近づいた私は、持参した菓子折りをスーッと差し出した。

「お疲れ様。これ、よかったらみんなで食べて」

「えっ！　ミーア？」

「いま変な声が出てたよ。どこから声を出してるの？」

「あははは……。思ってたより神経使ってた影響かな」

気持ちはわからなくもないけど、と思ったのも束《つか》の間《ま》、コロッと表情が変わったアリスの興味は早くも菓子折りに移っている。

冒険者ギルドのみんなに気づかれないように、コソコソと箱の中身を確認していた。

「うわっ、高いクッキーじゃん。ありがとう。やっぱりミーアって貴族なんだねー」

「そこで貴族だと判断されても困るよ。一応言っておくけど、私以外の貴族が菓子折りを持ってきても、本人の目の前で開封しないでよね」

「わかってるって。それが貴族ルールなんでしょ？」

「中身をすぐに確認する平民ルールと違ってね」

同じ職場で一緒に働いていた時、差し入れを持って従業員の控え室を訪れると、毎回お祭り騒ぎになるほど盛り上がっていた。

受付仲間たちが「貴族の味だー！」と騒ぎ続け、ギルドマスターに「まだ職務中だぞ！」と、よく怒られていた光景を思い出す。

早くもみんなが差し入れに群がり始めているので、ギルドマスターの指導も虚《むな》しく、全然懲りていないと察した。

「今回の箱は過去一で大きいじゃん」

「待って。この箱って有名どころのやつだよ」

「やっぱ持つべきものはミーアなんだよなー」

何とも現金な子たちである。素直な気持ちを伝えてくれるので、貴族と違ってわかりやすく、可《か》愛《わい》らしくもあった。

まあ、誰よりも現金な子はアリスだが。

「私が最初に受け取ったんだから、まだ開封の儀式はしないからね。はい、散って散って」

箱を開けて中身を確認していた人とは思えない言葉である。菓子折りを守るようにして、仲間たちをシッシッと追っ払っていた。

彼女たちが仕事に戻っていった姿を確認すると、アリスが爽やかな笑みを向けてくれる。

「で、今日はどうしたの？　早くも冒険者ギルドが恋しくなっちゃったとか」

「退職したばかりで訪れるのは、さすがに私でも恥ずかしいからね」

「そう？　今すぐ戻ってきてくれたら、飛び上がるくらいには私が喜ぶよ」

「ああー……。貴族対応、うまくいってないんだ？」

「まあね。文句の一つや二つくらいならいいけど、ネチネチ言ってくる人もいてさ。ギルマスも謝罪に行ってくれてるから、なかなか文句も言いにくいんだよねー」

先ほどの貴族男性とのやり取りは、やっぱりレアケースだったらしい。カタリナが無断退職した影響もあって、相当ややこしいことになっているみたいだ。

ほとんどの貴族たちは、自分に非があったのか、冒険者ギルド内で問題が起きているのか、様子をうかがっているんだと思う。

早く信頼を回復させるには、付き合いの長い人が謝罪に向かうと一番いいんだけど……。

冒険者ギルドを退職した私には、手伝うことができない。宮廷錬金術師の助手、兼、見習い錬金術師として活動を始めている以上、職場復帰という選択肢はなかった。

「悪いけど、私は今の仕事を辞めるつもりはないよ」

「わかってるよ。いつでも帰れる場所があるって、言いたかっただけだから」

優しく接してくれるのは、素直にありがたい。他の職員さんたちも、歓迎する、と言わんばかりに視線を向けてくるので、あながち嘘《うそ》でもないんだろう。

さすがに昔の職場で注目を浴びるのは、恥ずかしいけど。これ、差し入れを持ってきた影響もあるんじゃないかな。

みんなの仕事を邪魔するわけにはいかないし、早く用件だけ済ませて帰ろう。

「今日はポーションに使う薬草を買いに来たんだよね。どこも品切れみたいで、大量に入手しようとしたら、冒険者ギルドにしか置いていないらしいの」

「そうなんだ。どうりで最近は薬草の問い合わせが多いと思った」

「えっ。もしかして、冒険者ギルドも在庫がないの？」

「ううん。あるにはあるよ。ただ、ミーアもよく知っているような形で……ね」

口を濁すアリスと、今まで仕事をした経験から推測すると、薬草の状態が悪いとすぐにわかった。

自然に咲いている薬草を採取する依頼は、一番下のFランク依頼になり、冒険者になりたての人が受注する。そのため、薬草の取り方を知らなかったり、バッグに無理やり押し込んできたりと、とにかく雑に扱う人が多かった。

とはいえ、今回みたいな新種のポーションの研究に使うだけであれば、品質や鮮度はあまり気にしなくてもいいのかもしれない。粗悪な素材で良質なポーションが作れるか試せるし、形成スキルがどんな形で影響を与えるのか確認することもできる。

クレイン様には悪いけど、質の悪い薬草でポーションの研究を進めてもらうとしよう。

「じゃあ、薬草を見繕ってもらってもいいかな」

「本当にいいの？　宮廷錬金術師様が使うにしては、けっこう状態が悪いよ」

「心配しなくても大丈夫だよ。状況を説明したら、クレイン様はわかってくださる方だから」

私は事前に買っておいた薬草で依頼をこなせばいいし、冒険者ギルドで薬草を調達できれば、クレイン様のポーション研究に大きな支障はない。

ヴァネッサさんから引き受けた依頼が終われば、薬草不足が解消されるまでの間、形成スキルの練習に取り組める。その間に助手の仕事もこなしていたら、あっという間に時間が過ぎるだろう。

そんなことを考えていると、アリスがニヤニヤした表情で顔を覗《のぞ》き込んできた。

「ミーア、変わったよね」

「そう？　私は今も昔も普通にしているつもりだけど」

「一緒に働いてた時と違って、今は心に余裕があるもん。傍《はた》から見ていても、楽しそうだなーって
すぐにわかるよ」

アリスに何気ない言葉を投げかけられ、自分の心境の変化に気づく。

貴族である以上、楽しいことよりも正しいことを優先しなければならない。冒険者ギルドで働いていた時の私は、いつもそう考えていた。

貴族の務めを果たすため、または名誉を守るために、自分の気持ちを押し殺す。失敗は恥ずべき行為であり、何事もやり通す以外に道はない。

だから、婚約破棄なんてあり得ない……今まではそう思っていたけど、自分の中で価値観が変わり始めている。ジール様と婚約破棄をしたあの日が、人生の転機だったのは間違いないだろう。

諦めていたはずの夢が叶《かな》って、私は今、見習い錬金術師の道を歩んでいる。

どこまでやれるかわからないし、正しい選択をしているのかもわからない。

でも、一つだけ確かなことが言えるとすれば――。

「今が一番幸せかな。なんだかんだで、錬金術をしている時が一番楽しいんだよね」

貴族としてではなく、一人の人間として、自分の人生を歩き出したと実感するのだった。

幕間　最後の契約(Side：ジール)

第二の人生を歩むミーアが、幸せを噛《か》み締めている頃。

王都のとある錬金術店の応接室では、冷や汗を流すジールとカタリナの姿があった。

「なぜですか！　急に年間契約を解除したいだなんて、納得できません！」

「そうですよ〜。ポーションの納期は、まだ先じゃないですか〜」

ジールたちと向かい合って座るのは、取引先のブルース伯爵である。

彼は必死に訴えかけるジールたちに対して、とても冷ややかな目を向けていた。

「すまないね。こちらにも都合ができてしまったのだよ」

一方的な契約解除ともなれば、違約金が発生する。それだけに、途中で年間契約を切られることはないと思っていたジールは、頭を抱えていた。

「そんなことを言わないでください。長年にわたってポーションを取引してきましたが、トラブルは一度もなかったはずです」

「過去に納品されたポーションに文句を言いたいわけではない。貴殿との付き合い方を見直そうと思い、契約解除を申し出ているのだ」

「おかしいですよ！　ブルース伯爵に迷惑をかけていないのに、見直す必要なんてあるはずがない！」

心に余裕のないジールは、思わず声を荒らげてしまう。

その姿を見たブルース伯爵は、呆《あき》れるように大きなため息をついた。

「店の雰囲気から察するに、繁盛しているとは思えませんな。商品もない、客もいない、活気もない。今まで店を仕切っていた人間が誰だったのか、考えさせられる光景だ」

「な、何を言っているんですか。ここは俺の店です。仕切っていた人間なんて、俺に決まって――」

「少なくとも、誰もジール殿とは思っていないだろう。従業員も客も取引先も、だ。この店の責任者らしい対応をしていた人物は、一人の女性しか思い当たらないよ」

真っすぐ目を見つめてくるブルース伯爵に対して、ジールは目を逸《そ》らす。

従業員に接客の指示を出していたのも、取引先の接待をしていたのも、店内に顔を出していたのも、ジールではない。

そんな雑用は、ミーアの仕事だったのだから。

「店のポーションは俺が作っていたんですから、責任者は俺です」

「何を寝ぼけたことを言っているのかね。錬金術店なのだから、ポーションを用意するのは当たり前のことだろう。そこに信頼という付加価値を加え、責任を担っていた人物がいなくなった、そう言っているのだ」

調合作業で工房にこもり、自分の仕事が終われば遊び惚《ほう》けていたジールを、責任者と呼ぶ者は誰もいない。

ブルース伯爵との関係を改善するのは、厳しいものとなっていた。

「信頼を失った店と契約を結び続けることはできない。契約を破棄するのは、自然のこととは思わないかね」

否《いや》が応《おう》でも現実を突き付けてくるブルース伯爵に、ジールは反発する。

「本当にいいんですか。俺、本気を出しますよ？　今から本気を出して、とんでもないポーションを作ります。後から取引を再開したいと言っても、遅いですからね」

子供みたいな脅しに、ブルース伯爵は哀れむような視線を向けた。

「貴殿は、貴族の付き合いというものをご存知かな？　我がブルース家は、武家の家系だ。付き合いの深いホープリル家と取引をしても、愚かなボイトス家と取引を続けようとは思わないよ。身勝手な言動を繰り返す君には、失望せざるを得ない」

痛烈な言葉で返され、ジールは我に返った。

相手は取引先であり、伯爵家の当主でもある。立場が悪いにもかかわらず、強気な態度を取ってしまったと後悔した。

「ああ、噂《うわさ》のことを言っているんですね。あれはホープリル子爵が流したデマであって……」

「そういうところですぞ、ジール殿。人の命を助けるポーションを作るのであれば、もっと誠実な姿を見せるべきだ」

「な、何をおっしゃっているのかわかりません。悪いのは、全部ミーアなんです。ミーアが嘘《うそ》をついているんですよ！」

自己弁護のために苦しい言い訳をするが、信じてもらえるはずがない。

ブルース伯爵が信頼している人物は、ジールではなく、ミーアなのだから。

「ホープリル子爵令嬢と関わったことがある者は、決して彼女のことを悪く言わないよ。貴族だけではなく、冒険者も同じように彼女を褒めるのだから、非の打ちどころがない」

アッサリと否定されたジールは、同じような言葉を思い出す。

貴族のパーティーに参加すると、いつもミーアのことを褒められていたのだ。

『良い嫁さんをもらったな』

『君が羨《うらや》ましいよ』

『ジール殿にはもったいないくらいじゃないか』

貴族同士がよく使う上辺だけの言葉だと聞き流していたが、今となっては何が真実なのか、ジールには判断できない。

ただ、ブルース伯爵の声はお世辞と思えないほど穏やかなものだった。

「王都で護衛依頼を発注すると、彼女は必ず冒険者と顔合わせをしてくれる。たとえそれが、土砂降りの早朝であったとしても、だ。いつも依頼主と請負人にトラブルが起こらないようにと、気遣ってくれる優しい子だよ」

思い返せば、ミーアは嫌な顔一つせずに仕事を手伝っていた。

眠い目を擦《こす》りながらも、冒険者ギルドの休日に誰よりも早く出勤して、ポーションの下準備をする。

それが当たり前だと思っていた。婚約者なら、それが普通だと思っていた。

でも、きっとそれは世間一般的に言えば……。

「良いお嫁さんだったのではないかね、ジール殿」

「そ、そんなことは――」

弱々しい声で否定しようとした時、今までずっと隣で聞いていたカタリナが、ジールの手を優しくつかむ。

「ジール様、私はもう……無理に否定しなくてもいいような気がしてきました。薄々気づいていたんですよね～。うまくいっていたのは、先輩のおかげだったんじゃないかって」

身内ともいえるカタリナの言葉を聞いても、ジールの気持ちは変わらない。ゆっくりとカタリナの手を払い、首を横に振る。

「俺は、天才錬金術師なんだ。簡単に認めるわけにはいかない」

ミーアの存在を認めてしまったら、自分が無能であることも認めなければならない。ジールには、どうしてもそれができなかった。

たとえ、ブルース伯爵に辛辣《しんらつ》な態度を取られたとしても。

「そうかね。過去の過ちすら認められない君と取引するのは、私には不可能だ。堕《お》ちるところまで堕ちてから、反省するといい。いろいろと手遅れかもしれないがな」

そう言ったブルース伯爵が立ち去ると、ジールは苦虫を噛み潰《つぶ》したような表情を浮かべる。

明るい兆しが何も見えないまま、最後の契約まで打ち切られてしまい、苛立《いらだ》ちを隠せなかった。

――錬金術がスランプに陥っただけで、こうも次々に突き放されるとは。確かにミーアがよく働いていたことは認めよう。だが、それだけだ。どいつもこいつも肝心なところが見えていない。

Cランク錬金術師として活躍した実績と、貴族としてのプライドが邪魔をして、ジールは周りの意見を認めることができなかった。

その一方で、ようやく現実を受け入れることができたカタリナは、どこか爽やかな笑顔を浮かべている。

「もしかしたら～、私は先輩に憧れていたのかもしれません。平民や貴族、冒険者から好かれる姿が羨ましくて～、甘えちゃってたのかなー」

いとも簡単に自分の非を認めるカタリナに、ジールは複雑な心境を抱く。

恥ずかしいような、みっともないような、羨ましいような……。なんとも言えない気持ちになり、余計に腹が立ってしまう。

「今さらやり直すつもりかよ」

「う～ん、先輩に許してもらうのは難しいかなぁ。でも～、やり直せるチャンスをくれそうな場所は、一つだけある気がするから。いろいろと迷惑をかけちゃった分、認めてもらえるかはわからないけど」

自分だけ反省して、やり直そうとするカタリナに、ジールの怒りは止まらない。

「馬鹿馬鹿しい！　俺は絶対に間違っていないからな！　天才錬金術師である俺を侮辱したことを後悔するがいい！」

勢いよく立ち上がったジールは、工房に足を運んでいく。

無理を言って買い込んだ薬草が、残り僅《わず》かだと知りながらも……。

【悪魔の領域】

無事にヴァネッサさんのポーション依頼を終えて、一週間が過ぎる頃。見習い錬金術師として過ごす平穏な毎日が、早くも私の日常になっていた。

広々とした工房の掃除をして、薬草の在庫を管理し、錬金術を練習する。

巻物に描かれた魔法陣を頼りに展開していた形成スキルも、今となっては――、

「細かい形を整えるのは、なかなか難しいですね」

自分の力だけで形成領域を展開できるようになり、魔法陣の巻物と保護メガネを卒業して、念願のペンギンづくりに挑戦している。

まだまだ慣れない作業に悪戦苦闘中で、思ったようには作れない。でも、自分の力だけで作れる喜びと共に、一歩ずつ前に進んでいることを実感していた。

「形成の練習をしているところ悪いんだが、ポーションを査定してくれ」

「あっ、はい。わかりました」

もちろん、助手の仕事も怠らない。御意見番として雇ってもらった以上、しっかりとポーションを査定して、クレイン様の研究に貢献できるように努力している。

最初こそ宮廷錬金術師に口出しするのは恐れ多いと思っていたが、今ではスッカリ仕事だと割り切っていた。

「うーん、だいぶ品質にムラがなくなりましたね。冒険者ギルドで買い取った状態の悪い薬草で、このレベルのポーションが作れるとは思いませんでした」

「俺も同じことを思っている。今までの結果を踏まえれば、調合と形成を多重展開することで、品質の悪さをカバーできると断言してもいいだろう」

クレイン様が研究を進めているのは、新しいポーションの作り方とその成分分析だ。

私が形成スキルを練習している間にいろいろなことがわかり始めていて、すでに人体に害がないものだと判明している。

「今のところ、状態の悪い素材でも作成できることと、良質なポーションが作れる、という部分が大きなメリットでしょうか」

「そうだな。素材の状態を問わずに良質なポーションを作れるというのは、利用価値が大きい。品質が安定しやすいという面でも、メリットは大きいだろう」

こうして新しいポーションを作る研究が進んでいくと、二人だけしかいない工房にも活気が出てきていた。

毎日新しい発見があり、作る度に改善点を考え、品質の良いポーションが生まれる。それが何よりも嬉《うれ》しくて、楽しくもあった。

まあ……もう少し実用的な作成方法だったら、文句は何もなかったんだけど。

「問題は、魔力操作が難解なことだな。今みたいに良質な薬草が不足しない限り、デメリットの方が大きい」

「素材の品質が悪いほど、魔力水と薬草の量を増やす必要もありますし、時間もかかりますからね」

「最低でもCランク錬金術師くらいの実力がないと、適切に扱えそうにないな」

「調合する量が増えれば、術者の負担にもなりますので、大量生産は難しそうですね……」

デメリットを思い浮かべるだけでも、工房内に冷たい風が吹き荒れるような感覚に陥り、一瞬で活気が消え去ってしまう。

なんといっても、形成スキルを使いこなすクレイン様でさえ、苦戦しているのだ。

薬草の下準備をしながら、一日かけて作ったとしても、二十本しか作れない。形成スキルを練習中の私では、魔力消費量が大きすぎて、うまく使いこなせなかった。

「わざわざこの方法でポーションを作る意味ってあるんですかね」

「良質なポーションを作る方法は、いくつあっても損はない。研究を始めたばかりなんだから、まだ結論を出すのは早いだろう」

「そういうものでしょうか」

「焦らなくてもいい。本来、錬金術の研究は年単位でするものだ。新しい作成方法を見つけただけでも、大きすぎるほどの成果だぞ」

そんなことを言われてもなー……と思ってしまうのは、私がまだ錬金術師として成果を上げた実感が湧いていないからかもしれない。

大量のポーションを作成しているのは事実だが、納品しただけであって、使用されたとは聞いていない。ちゃんと品質をチェックしていたとしても、初めて自分だけで作った商品なので、どこか不安な気持ちが残っていた。

怪我《けが》はしない方がいいし、ポーションを使う機会が減るのは良いことだと思うけど……。

うーん、本当に大丈夫かな。

「納得できないか？」

「あっ、いえ。まだまだ知らないことが多いなーと思いまして」

「経験が少ないだけで、もはやミーアは一人前の錬金術師と言っても過言ではない」

「変に持ち上げるのはやめてください。まだ基礎的なスキルを練習しているんですから」

「調合を専門分野にすれば、錬金術ギルドも飛びついてくるぞ」

「ヴァネッサさんに変な依頼を押し付けられたくありませんので、形成スキルの練習に戻ります」

「それもそうだな。頑張ってくれ」

御意見番の仕事を終えると、私はすぐに形成スキルの特訓に戻る。

明確なイメージを持って作業するため、クレイン様の作ったペンギンと、作業途中のペンギンを見比べることにした。

躍動感が溢《あふ》れるクレイン様のペンギンと、突っ立っているだけの私のペンギンでは、大人と子供ほどの差がある。

同じペンギンを作っているはずなのに、どうしてこうも違うんだろうか。形成スキルの熟練度に差がある影響かもしれないけど、美的センスの問題のような気もする。

「上から順番に改善していこうかな。パーツごとに仕上げていった方が早く上達するかも」

特訓の方針を決めていると、工房の扉がコンコンッとノックされた。

今日は、取引の打ち合わせや商談などで誰かが訪れる予定はない。

クレイン様と顔を合わせても首を傾《かし》げているから、誰が来たか思い当たる節《ふし》はないみたいだった。

居留守を使うわけにはいかないので、突然の来訪者に戸惑いつつも、扉を開けてみる。すると、そこには先ほどまで噂《うわさ》をしていたヴァネッサさんが、神妙な面持ちで立っていた。

「少し二人の時間をもらえないかしら」

「ん？　クレイン様に用があるのではなく、私にもですか？」

「ええ。二人に用があって来たの」

いつになく真面目なヴァネッサさんに違和感を覚えるが、ひとまず工房の中に入ってもらう。

クレイン様も異変を感じたみたいで、すぐに作業を中断して、ヴァネッサさんを応接室に案内してくれた。

互いに顔を知った仲とはいえ、お客様として来られたみたいなので、私はお茶の準備をする。

「ヴァネッサがここを訪れるのは珍しいな。何かあったのか？」

「実は、急にポーションが必要になったのよ。ミーアちゃんにも聞いてほしい内容なんだけど……」

「大丈夫ですよ、聞こえています。お茶だけいれますね」

「そう、ありがとう」

落ち着いた様子で話すヴァネッサさんは、時折見せるお姉さんモードとも雰囲気が違う。

こういう風に重い口を開こうとする姿を見るのは初めてで、変な感じがした。

「王都で薬草が不足していることは、二人も知っているわよね？」

「ああ。俺の工房にも影響が出ているからな」

「私も知っています。オババ様に簡単な経緯は聞きましたが、少し長引きそうな印象でしたね」

オババ様の話を思い出す限り、急に薬草が買い占められて、うまく対応できていない様子だった。

冒険者ギルドにも薬草の問い合わせが増えたとアリスが言っていたので、大勢の人が影響を受けているのだろう。

「今はどの店でも薬草とポーションが品薄状態よ。こうなる前に取引制限をかけたかったんだけど、錬金術ギルドに情報が入った時点では、もう遅くてね。対応が後手に回ってしまったの」

「無理もあるまい。気候の変動や魔物の繁殖期、戦争といった大きな出来事が起こらない限りは予測できないだろう」

「市場の薬草やポーションの在庫を把握するのも、錬金術ギルドの業務に含まれるわ。異例の事態だったとしても、責任からは逃れられないの」

あの自由奔放なヴァネッサさんが真面目に話しているところを見る限り、あまり良い状況ではなさそうだ。錬金術ギルドのサブマスターとして対応せざるを得ない状況まで追い込まれているような気がする。

嫌な予感がしつつも、お茶の用意ができた私は、クレイン様とヴァネッサさんに差し出した。

「確か、錬金術ギルドが国に申請して許可を得ないと、取引制限はかけられないんですよね？」

「詳しいのね。経済や人命に関わることだから、最終的な判断は国が決めることになっているのよ。それから冒険者ギルドや商業ギルドに通達して、取引や行動に制限をかけていくわ」

私が冒険者ギルドで働いていた時にも、ポーションの販売に制限をかけられたことがあった。

魔物の討伐依頼を受ける高ランク冒険者のみに販売許可が下りて、街や街道の安全確保を優先した記憶がある。

依頼を受けられない冒険者のために、ポーションの流通が戻るまで国が宿代を保証して、生活が送れるように配慮していたはずだ。

今回もそういう形で対処しているものと思っていたけど……。

ヴァネッサさんの様子がおかしいので、イレギュラーな事態が起こっていると推測できる。

「王都には薬草菜園があるから、大きな問題でも起きない限り、少しずつ終息するわ。でも、今回はその大きな問題が起きてしまったのよ」

淡々とした口調で話すヴァネッサさんは、自分の感情を押し殺しているように見えた。

冷静でいなければならない立場ゆえに、そうして自我を保っているのかもしれない。

「今朝、東の森で魔物が大量発生している情報が入って、騎士団が迎撃に向かったの。予想以上に状況が悪いから、もうすぐ騒がしくなるはずよ」

「王都周辺で騎士団が苦戦するほど強い魔物が現れるなんて、珍しいですね。今の騎士団は強い方に分類されるはずですが」

お父様が騎士を訓練しているので、いろいろな情報を耳にする機会がある。

私が聞いた話では、今の騎士団が押されるほどの魔物は王都周辺に生息していない……はずなんだけど。

真剣な表情を浮かべるヴァネッサさんが、嘘《うそ》をついているとは思えなかった。

「二日前から東の森で遠征実習をしている魔法学園の生徒たちが、魔物に襲撃されたの。魔物を討伐するだけならともかく、生徒の捜索と保護を両立する必要があるから、深刻な被害をもたらすと予測されているわ」

突然、重い話を聞かされた私は戸惑いを隠せなかった。

魔物が人を襲うのは、珍しいことではない。そのため、騎士団が動いたり、冒険者に依頼を出したりして、駆除しているのだ。

もちろん、錬金術ギルドや街の錬金術師もポーションを作成して、魔物の討伐に協力している。

でも、今は問屋の薬草不足が問題視されている状況であって、ポーションの流通が少ない。被害が大きくなればなるほど、ポーション不足は深刻な影響を与えてしまう。

「じゃあ、ポーションを作ってほしい、というのは……」

「緊急事態だからよ。一部の逃げ延びてきた生徒の話を聞く限り、状況は深刻ね。朝方に魔物の襲撃を受けて、混乱した生徒たちが散り散りに逃げたみたいなの」

王都に近い場所とはいえ、魔物が繁殖した地域で生徒が散り散りになれば、厳しい訓練を受けた騎士団でも捜索が困難な状況に陥るだろう。

貴族の生徒も多いので、たとえ戦力が落ちたとしても、少人数の部隊を多数編成して、広範囲にわたって捜索するしかない。無事に生徒を救出するためには、一刻を争うような状況だ。

今はまだ怪我人が少ないだけで、これから命に関わる負傷者が運び込まれてくる可能性が高い。

そのことを確信するように、クレイン様が険しい顔で下唇を噛《か》み締めていた。

「こんなケースってあるものなんですか？」

「滅多にないが、ゼロではない。魔物が繁殖する予兆がなく、予測できなかったのかもしれないな」

「魔物が繁殖していると知っていたら、遠征実習も中止になりますもんね。現場に物資が足りているといいんですが」

魔法学園は生徒たちの命を守るために、予《あらかじ》め国に協力要請を出して、入念な準備を整えている。

多くのポーションを持ち運び、騎士を護衛につけて、安全には十分に配慮しているはずだ。それでも被害が出ているのであれば、何が起こってもおかしくない。

ヴァネッサさんが否定する気配がないので、不安な思いが募るばかりだった。

「逃げ延びてきた生徒たちも混乱しているから、まだ明確な状況がわからないの。でも、最悪の事態を想定しておいた方が対処しやすいわ。薬草不足に陥ってなければ、こんなことも考えずに済んだんだけど……」

「薬草を買い占めた錬金術師がいたみたいですね。その方はポーションを納品していないんですか？」

「そうよ。彼が騎士団とも契約していたから、問屋も薬草を卸すしかなかった。それなのに、騎士団にもポーションを納品できなかったみたいで、物資がかなり不足しているの」

薬草不足とは聞いていたけど、まさか騎士団にもポーションが届いていないとは思わなかった。

騎士団はいくつもの店と契約しているから、ポーションが不足したまま魔物討伐に向かうケースなんて、滅多にない。魔物の繁殖状況がそれほど酷《ひど》かったと考えると、ヴァネッサさんが焦っているのも納得がいった。

過酷な状況に陥っていると理解すると、私の頭の中に考えたくもない光景がよぎる。

教官の立場であるお父様はともかく、騎士団に在籍しているお兄様は、生徒の救助に向かっている可能性が高い。常に危険と隣り合わせの仕事とはいえ、ポーションを持たずに魔物と戦っているかと思うと、胸が張り裂けそうだった。

そういえば、ジール様の店で働いていた時、騎士団と大型契約を結んだけど、大丈夫かな。さすがに、納品している……よね？

納品時期から推測すると、ジール様が作れなかったみたいに聞こえるんだけど、まさかね。

今は余計なことを考えないようにしようと思い、私は首を横に振って忘れることにした。

「大変な状況だとわかっていますが、あまりにもショックが大きすぎて、どこか現実味がありません。王都の街並みは、いつもと変わらず平和だったはずなのに……」

「気持ちはわかるわ。でも、悲観するよりも先にやれることがあるはずよ。今は王都にあるポーションをかき集めて、できる限り治療体制を整えているところね。十分な数が集まる見込みはないし、状況によっては生死に関わる治療以外は、後回しにして——」

ヴァネッサさんの言葉を遮るようにして、コンコンッと扉がノックされた。

たったそれだけの音でシーンッと静まり返ってしまうほど、場が異様な雰囲気に包まれている。

少し戸惑いながらも、私が緊張で強張《こわば》った体を動かして扉を開けると、そこには神妙な面持ちをした一人の騎士が立っていた。

「ヴァネッサ殿はおられませんか？」

「……どうぞ」

緊急を要する連絡だと判断して、用件を聞くこともなく、そのまま騎士を工房の中に迎え入れた。

大きな歩幅で力強く歩く騎士の甲冑《かっちゅう》には、血を拭き取ったような跡があり、私は現実に事件が起きているんだと痛感する。

すでに負傷者が王都に運び込まれている、そう思うには十分だったから。

「言伝《ことづて》を預かって参りましたが、この場でお伝えしてもよろしいでしょうか」

「構わないわ。どのみち二人にも話すことよ」

「承知しました。まずは現在の状況をお伝えします。数名ほど魔法学園の生徒を保護したところ、本日の明け方に魔物の襲撃を受けて、大量のポーションを失ったことが判明しました。護衛の騎士も大きく負傷していたとのことです」

息が詰まりそうな報告に、私は言葉を失った。

そんな状況に追い込まれたら、魔法学園の生徒たちが混乱するのも、無理はない。一刻も早く見つけ出さないと、大勢の生徒たちが未来を失う結果になってしまうだろう。

「騎士団で捜索範囲を拡大していますが、現在確認できる負傷者は多くありません。しかし、今後は生徒と騎士の負傷者が大幅に増える見込みのため、可能な限りポーションの使用を控えています。それでも不足する可能性が高いとのことでした」

「予想以上に深刻な状況に陥りそうね。必要なポーションの数は聞いているかしら」

「申し上げにくいのですが、王都で集めていただいたポーションを除いても、百本は必要だと聞いております。最低でもその半分はないと、騎士の治療ができずに被害は拡大する恐れがあると」

「よくわかったわ。教えてくれてありがとう」

冷静なヴァネッサさんが表情一つ変えずに礼を伝えると、騎士が軽く会釈をして立ち去る。

焦らずに対応しようと試みる二人の姿が、深刻な状況をより際立たせていた。

「とにかく今は少しでも使えるポーションが欲しいの。ポーションが不足した数だけ、騎士と生徒の命が失われてしまうわ。素材が余っているのなら、急いで作ってほしかったんだけど……。難しそうだったわね」

作業台に置かれた薬草を見たのか、ヴァネッサさんは落胆の色を隠せていなかった。

状態の悪い薬草でポーションを作ろうとしたら、普通は中途半端なものしか作れない。元Aランク錬金術師のヴァネッサさんであれば、それくらいのことはすぐに判断できるだろう。

あくまで、普通にポーションを作ったら、の話だけど。

「こちらでポーションをいくらか用意しますので、前線に運ぶ準備をしてもらえませんか？」

「気持ちは嬉しいけど、中途半端なポーションは、かえって戦場を混乱させるわ。短期間のうちに何度もポーションを使い続けたら、効果が薄くなることくらいは知っているでしょう？　一定以上の品質でない限り、騎士団に届けられない決まりがあるのよ」

「たぶん、その問題は回避できているかと」

今日までに作った試作品のポーションが、いくらか残っている。それを取りに行ってくれたクレイン様が戻ってくると、ヴァネッサさんに手渡した。

その数、たったの二十本。効果が高いものとはいえ、まだまだ必要数には足りていなかった。

「品質は俺が保証しよう。このポーションは、うちの工房に置いてある素材から作っている」

粗悪な素材で作っていると言われて、疑問を抱いたのか、ヴァネッサさんがポーションの査定を始めた。

良品質だと判断してくれたみたいで、今日初めて感情を露《あら》わにしたヴァネッサさんは、ニヤニヤした不敵な笑みを浮かべている。

「ふーん。良い助手さんをもらったのね」

「よくわかったな。これはミーアの実績だ」

ええっ！　ちょ、ちょっと!?　たまたま作り方が判明しただけで……って、そのポーションを作ったのは、クレイン様ですけど！

「やっぱりそうなのね。彼女、面白いもの」

納得されても困ります！

驚きすぎて声を出せないでいると、非常事態であることに変わりはないため、ヴァネッサさんが立ち上がった。

「他の錬金術師には、ミドルポーションの作成をお願いしているの。それができるまでの時間稼ぎを二人にお願いするわ」

「えっ。時間稼ぎと言われましても……」

「最低でも、これをあと四セットお願い。正直、もうポーションの在庫がどこにも見当たらなくて、最後の希望だったのよ。後日、高額買取するからよろしくね」

飛び出すように部屋を後にするヴァネッサさんを見て、私は思った。

どんな状況であったとしても、ヴァネッサさんの依頼は安請け合いするものではないな、と。

「あの一セット作るのに、クレイン様でも一日かかってましたよね」

「今から作り始めたら、大きな騒ぎになる前に二人で二セットくらいは作れるだろう。連続であのポーションを作成するのは、かなりきついが……。やるしかないみたいだな」

「そうですね。ポーションの作成方法がわかっている分、余計なことを考えなくても済みます。作れるだけ作って、ヴァネッサさんにポーションを託しましょう！」

今回の件に関しては、ヴァネッサさんが悪いわけではない。

あそこまで真剣に王都を駆け回っている彼女の姿を見るのは、これが初めてのこと。一刻の猶予も許されない状況であるのは、騎士の様子を見ても明らかだった。

宮廷錬金術師の工房で働く者として、今はポーションを作ることだけを考えよう。

ポーションを研究するクレイン様は、こういう時に活躍しなければならないはずだから。

「焦る必要はない。ミーアは薬草の下処理を優先して、作業に当たってくれ。俺は調合スキルを優先して、ポーションを作り続けていく」

「作業の分担ですね。私も必要分の下処理が終わり次第、調合作業に取り掛かります」

「無理はするなよ。雑な作業をした方が時間を失う結果に繋《つな》がるぞ」

「はい！」

見習い錬金術師らしく、クレイン様の指示に従い、薬草の下処理に専念することにした。


順調に薬草の下処理が進み、私も調合作業に取り掛かると、早くも疲労感が重くのしかかってきた。

慣れ親しんだ薬草の下処理をするだけでも、こんなに緊張感を持ってやったことはない。

いつもと違う雰囲気を肌で感じながらも、できるだけ平常心を意識して、調合作業の準備を進めていく。

王都にポーションを作れる錬金術師は多いが、品質の悪い素材でまともなものを作るのは、難しい。他の錬金術師たちにミドルポーションの作成依頼を出したといっても、それが間に合わなければ意味がない。

たった一人の錬金術師が引き起こしたという薬草不足の問題は今、大勢の人を巻き込むほどの深刻な事態へと拡大していた。

「良質な薬草さえあれば、ポーションなんて簡単に作れるのに」

不安な気持ちを抱いたまま救出に向かう騎士のためにも、一本でも多く作る必要がある。そのプレッシャーで魔力操作が乱れ、ただでさえ難しい作業が困難を極めていた。

形成スキルだけでも魔法陣に頼りたいところだが、魔力の干渉が大きすぎて、かえって時間がかかってしまう。

慣れない形成領域を展開して、なんとか乗り切るしか方法は残されていなかった。

「無理はするな。調合と形成の多重展開など、俺でもキツいくらいだぞ。見習い錬金術師が長時間やるものではない」

「こういう時は見習い扱いしてくれるんですね」

「いつも見習いらしからぬことばかりするミーアが悪い」

見習い錬金術師を御意見番として雇うクレイン様には言われたくない言葉だ。

限られた時間で作成する必要がある以上、無理してでも作らないといけないことくらい、クレイン様もわかっているはずなのに。

「一つ提案があるんですが、この方法を他の錬金術師に広めて、みんなで作るのはダメですか？」

「ダメだ。この技術で他にどんなものが作れるかわからない以上、安易に広めるのは危険すぎる。悪用されてしまえば、罪に問われることになるぞ」

やっぱりダメか……。危険なアイテムが作れる錬金術の世界では、レシピや技術を公開するのに、細心の注意を払わなければならないと言われている。緊急事態においても、それは例外ではないらしい。

「宮廷錬金術師の中だけでも、技術提供するのは――」

「話のわかる連中なら、もう声をかけている。教えるだけ無駄な時間を食うだけだ。俺たちでなんとか乗り切るしかない」

そう言ったクレイン様は、私より作るペースが圧倒的に早かった。

薬草の下処理を終えている分、クレイン様も調合作業に集中している。いつものように研究しながら作成するのではなく、ポーションを作り上げることだけを意識しているみたいだった。

私も同じようにペースを上げているが、魔力を多く消耗するだけで、うまくいかない。

今まで冒険者ギルドの職員として、何度も非常事態に対処した経験はある。でも、錬金術師としては、これが初めてのこと。精神的なもろさが出てしまい、気持ちだけが焦っていた。

「変に重荷を背負うな。作れなくても当たり前な状況下でポーションを作成している。たとえポーションが足りなくても、ミーアのせいにはならない」

「わかってますよ。見習いなんですから」

強がってみるものの、体は正直なものだ。慣れない作業と短時間での過度な魔力消費により、手が震え始めている。

調合スキルまで不安定な状態になり始めたので、品質の良いポーションが作れるのは、あと一本が関の山。クレイン様の作ったポーションと合わせても、ようやく一セットになるくらいだった。

ヴァネッサさんが要求した四セットまでには、程遠い。でも、ポーションを作らないと騎士団の命に関わってしまう。

非常事態で騎士団に在籍しているお父様まで現場に駆り出されて、お兄様と一緒に傷だらけで運ばれてくるかもしれないと思うと……。

なんとかしなければ！

手の震えを抑えるため、私はポーション瓶を強く握り締める。

不安定なスキルは、魔力消費を高めてカバーしよう。もっと魔力を収束させれば、一本でも多くポーションを作れるはず。

無駄に魔力を消費するのではなく、もっと魔力濃度を高め、品質を安定させる。魔力領域を多重展開して、短期決戦に持ち込むしか——。

「無理はするなと言ったはずだぞ。下手をすれば、意識が……」

クレイン様の声が小さくなったのと、私が違和感を覚えたのは、同じタイミングだっただろう。

手こずっていたポーションが、嘘みたいにアッサリと作れてしまったのだ。

これが初めての経験だったら、私は混乱していたに違いない。でも、この感覚は一度だけ経験したことがある。

きっと、これがこのスキルの本来の使い方だったんだ。鉱物を畏怖《いふ》させるのではなく、すべての素材や魔力を従える力。

悪魔という異名は、スキルに付けられたものではなく、力を使いすぎた錬金術師に付けられたものだと悟った。

「クレイン様、このポーションは――」

そう声をかけた瞬間、工房の扉がノックされることもなく、バンッと開く。

そこに立っていた人物は、込み上げてくる思いを我慢しきれずに、ニヤリッと顔が歪《ゆが》んでいるみたいだった。

「イーッヒッヒッヒ。随分と面白そうなことをやっているんだねえ」

どうしてオババ様がこちらに？　と聞く暇もない。工房内にズカズカと入ってくると、作業台の上に小さな箱を置いた。

何の変哲もないただの菓子折りである。

非常事態だというのに、緊張感の欠片《かけら》もない。

「クッキーのお裾分けに来ただけなんだがねえ。おっと、油断しないこった。そんな不安定な領域展開だと、すぐに意識を持っていかれちまうよ」

「そ、そんなこと言われても、制御の仕方が……」

「ちっぽけな魔力で多重展開するからそうなるのさ。もっと魔力の出力を上げな」

ただでさえ魔力を多く消費して、無理やり領域を展開しているのに。

無茶な注文は、しないで……ほしい、よ！

「上出来だねえ。褒めてやるよ」

「あ、ありがとうございます……。ちょっとめまいがしますけどね」

こんな無茶苦茶なことを見習い錬金術師にさせるものではないと、強く文句を言いたいところだ。

クレイン様には無理しないように言われたばかりだし、率先してやったのは自分なので、文句を言う相手はいないけど。

「まさか本当に悪魔の領域を自力で展開するとはな」

「でも、聞いていた話とは違います。これは形成スキルの上位展開じゃなかったんですか？」

「俺だけではないが、多くの人は話を聞いていただけで、詳しいことを知らない。知っているのは、そこにいる本人くらいだな」

的確なアドバイスをくれていたので、薄々とそんな気はしていましたよ。まさか悪魔の領域を操る優れた錬金術師が、オババ様のことだったなんて……。

「イーヒッヒッヒ。ちょいと戦場で兵士たちの武器や防具を溶かしてやったら、そう言われるようになっただけさ。悪魔のような力だとね」

怖っ……と思う反面、錬金術師が戦場に駆り出されるほど、他国と争っていた時代だったんだと察する。オババ様の性格が歪んでいるのも、なんとなくわかる気がする。

「まだあんたに【神聖錬金術】は早いと思っていたんだが、このポーションが原因かい？　自力でよくEXポーションなんて作ったもんだよ、まったく。現代じゃなかなか出回らない代物だっていうのにね」

普通のポーションではないと思っていたけど、これはそういう特殊なポーションだったみたいだ。

クレイン様も知らなかったし、ヴァネッサさんも知らなかったから、本当に現代では出回らない代物に違いない。

どうりで作るのが難しいはずだ――と気を抜いた瞬間、急に膝に力が入らなくなり、倒れそうになってしまう。

「大丈夫か、ミーア」

咄嗟《とっさ》に気づいたクレイン様が支えてくださらなかったら、そのまま床に倒れて、意識を持っていかれていただろう。

今は神聖錬金術について話している場合じゃない。少しでも多くのポーションを作らないと。

「大丈夫です。それよりも、早くポーションを作りましょう。今ならスムーズに作れるはずです」

クレイン様の肩を借りて、なんとか体勢を整えた後、作業台と向き合う。

ポーションづくりを再開するため、ポーション瓶に手をかけようとしたところで、オババ様に手で止められてしまった。

「無茶はやめておきな。あんたの魔力じゃ、あと三分ももったらいい方だ。ポーションを作ろうとしたら、十秒で気を失うね」

ポーションの素材が不足していることは、問屋を営むオババ様の方がよく知っているはず。同じ神聖錬金術が使えるのなら、私の代わりにオババ様が作ってくれるとありがたいんだけど……、それは無理な話だろう。

年を重ねたオババ様が、神聖錬金術の負荷に耐えられるとは思えない。

「これだけポーションが作りやすくなるなら、十秒で二本は作れます」

「いいかい？　神聖錬金術は、物質の性能を極限まで引き出す錬金術だ。その反面、術者の負担が大きいことくらい、今のあんたでもわかるだろうに」

「大丈夫です。魔力が枯渇したところで、死ぬわけではありませんから」

オババ様との睨《にら》み合いが続いているが、それは意外な形で終わりを迎える。クレイン様がオババ様の手をつかみ、引き剥《は》がしてくださったのだ。

放っておいてもやると思ったのか、意を汲《く》んでくれたのかはわからない。少なくとも、ポーション不足の現状を解決する方法は、これしかないとわかってくれたんだと思う。

「ミーアが形成領域を展開して、ポーションの性能を向上させてくれ。俺が調合領域を展開すれば、その分の負担は減らせるはずだ。それが妥協案だ」

「……わかりました。それでお願いします」

「カァァァァ！　人の厚意は受け取っておけと、教えたはずなんだがね！」

オババ様の怒りを買う羽目になってしまったけど、本気で怒っているわけではないだろう。純粋に心配してくれているだけな気がする。

「今度、草餅を持っていくので許してください」

「フンッ！　そんなもんで機嫌なんて取れやしないよ！　三箱用意しておきな！」

なんとかオババ様の許可も下りたところで、ポーション瓶を手に取ったクレイン様と向かい合う。

調合領域を展開してくれる彼の手に触れ、神聖錬金術で形成領域を展開した。

いつまで続けられるかはわからない。だって、魔力がないことは自分が一番よくわかっている。

あと少しだけ。十秒でも二十秒でも長く形成領域を維持して、神聖錬金術を使い続けること。そ

れが私の役目だ。

そうしたら、後はクレイン様がポーションを作ってくれるから。

真剣な表情で調合領域を展開し続けるクレイン様と、なんだかんだでチラチラと視線を向けてくるオババ様に挟まれた私は、ポーションの作成に全力を注ぐ。

まだいける。もうちょっとだけなら……そう思いながら。

ミーアがもたらしたもの(Side：クレイン)

緊張の糸がプツンッと切れたように倒れ込むミーアを、俺は両腕で支えた。

限界まで魔力を放出して、意識を失ったみたいだ。顔が青ざめているので、魔力切れによるもので間違いない。

神聖錬金術は術者に大きな負担をかけると聞いたが、この程度の状態であれば、しばらく安静に過ごすだけで大丈夫だろう。

ＥＸポーションの作成に反対して、ミーアの身を案じていたオババも騒ぎ立てる様子はなかった。

「無茶なことをするからだよ、まったく。変なところまで私の若い頃にそっくりだねえ」

先ほどまで怒っていたのは、いったい誰だったのか。

どこか誇らしげな表情を浮かべるオババは、珍しく穏やかな雰囲気で話すため、心の声が漏れ出たような印象を受けた。

その証拠と言わんばかりに、キッとした表情を作り直して、俺を見上げてくる。

「なにボサッとしてんだい。ちゃんと休ませるのも上司の仕事だろうに」

「心配しなくても休ませるつもりだ。魔力切れには十分な休息を必要とすることくらい、錬金術師なら誰でも知っているぞ」

「ケッ。あんたも可愛《かわい》げがなくなっちまったねえ。昔はもっと素直な子で口答えなんてしなかったろうに」

「事実を述べているにすぎない」

「そういうところだよ。もっと年寄りを敬いな」

ビシッと言い放ったオババは、何事もなかったかのようにスタスタと歩いて、工房の扉に手をかけた。

そして、何か言い残したことでもあるのか、ゆっくりと振り向く。

「未来のある錬金術師だ。大事に扱ってやんな」

それだけ言って、オババは立ち去っていった。

騒動を聞きつけて来たのか、本当にクッキーをお裾分けに来ただけなのかは、わからない。ただ、俺だけがミーアに期待しているわけではないと悟った。

「まさか悪魔の錬金術師と恐れられたオババに気に入られるとは。本当に後継者として期待されているのかもしれないな」

もしもオババが老後の楽しみだけでからかっているとしたら、わざわざ宮廷錬金術師の工房に足を運ぶはずがない。

おそらくミーアの錬金術が如何《いか》ほどのものか、自分の目で確かめに来たんだろう。最後に釘《くぎ》を刺していったということは、すでに彼女を一人前の錬金術師と認めている。

今後はどうするつもりなのかわからないが……、まずは現実に思考を移し、ポーション不足の問題を片づける必要があった。

「頑張ってもらったところ悪いが、先にポーションを引き渡す準備だけさせてくれ。せっかく作ってもらったものを無駄にしたくない」

いったんミーアを椅子に座らせ、完成したＥＸポーションが割れないように荷造りを済ませる。

ヴァネッサに依頼された八十本ものポーションを作れたとはいえ、広い王都の中でも、すぐに使用できるものはこれだけしか存在しない。

騎士や生徒の命を繋《つな》ぐためには、一本たりとも無駄にはできなかった。

「ミーアを休ませるためにも、早くしなければ」

丁寧な作業を心掛け、ポーションを運び出す準備を終えると、コンコンッと扉がノックされる。

緊急事態の影響か、返事を待たずしてヴァネッサが入ってきた。

いつになく冷静に対応して、気を引き締めていた様子のヴァネッサだったが、どうやら内心では焦っていたらしい。取り繕っていた仮面が崩れ落ちるように表情が曇ってしまう。

「ミーアちゃん……？」

疲れて眠ったわけではないと、元錬金術師のヴァネッサならわかるだろう。魔力が枯渇して青ざめている姿など、何度も見たり経験したりしているはずだ。

しかし、自分が出した緊急依頼が原因で倒れたと思えば、ヴァネッサが戸惑うのも無理はない。

「心配するな。魔力を使いすぎて、気を失っただけだ」

「そんなはずないわ。ミーアちゃんは百本ものポーションをすぐに納品するような子よ。魔力切れで倒れるなんて、あり得ない……」

ヴァネッサを責めるつもりはないし、彼女の言うことは正しいと思う。だが、今の状況は普通ではない。

過酷な状況を聞いたミーアが動揺していたのは、一目瞭然《いちもくりょうぜん》だった。

「ミーアは武家の家系であり、身内が騎士団に在籍している。人の命に関わる錬金術師の重圧が、彼女に重くのしかかってしまったのかもしれない」

「……状況を説明したのは、失敗だったかしら」

「結果論だ。緊急事態の判断が正しかったかどうかなど、後にならないとわからない。十分なポーションが確保できたという点では、失敗したとは言えないはずだ」

生徒と騎士の命を助けるには、多くのポーションが必要だった。錬金術師としては、最善の状況が作れたと断言できる。

ただ、俺の心は晴れない。きっとヴァネッサも同じような心情だろう。

ミーアの身を犠牲にしてまで作ってもらうべきだったのか、考えても答えは見つからなかった。

「あのポーションって、術者に大きな負担がかかるほどの特殊なポーションだったの？」

「言及できるほど研究は進んでいない。特殊なポーションであることには変わりないが……、そんなことはどうでもいい。今言えることがあるとすれば、一つだけだ」

まだ後悔するには早い。自分のためにも、ミーアのためにも、正しい行動だったと胸を張って言えるように、王都に起きた問題を解決する必要がある。

「ポーションが完成しただけでは、現場の状況は何も変わらない。ミーアの努力を無駄にしないように、一刻も早くポーションを運んでくれ」

強く頷《うなず》いたヴァネッサにポーションを任せ、俺はミーアをちゃんと休める場所まで移動させようと、抱きかかえる。

「ミーアちゃん、本当に大丈夫なのよね？」

「あくまで魔力が枯渇状態に陥っているだけだ。命に別条はない」

「そう……。それならいいのだけど」

「今は自分の仕事をまっとうしろ。俺も少し休んだ後、もう一度ポーションを作って、現場に持っていく」

「……クレインちゃんまで無理しちゃダメよ？」

「自分の限界くらいはわかっているつもりだ。早く行け」

ヴァネッサが工房を離れた後、俺はミーアを医務室に運んでいく。

魔力切れになった場合は、安静にさせるしか対処の方法がない。神聖錬金術で一気に多量の魔力を消費していたら、丸一日は眠りにつくだろう。

今はいち早くミーアをベッドに寝かせて、ゆっくり休める環境を整えることが最善の治療だった。

「無茶をさせて悪かったな。作業を継続するミーアの手を止められなかった俺の責任だ」

本来であれば、こういった事態が起こらないように、上に立つ者が細心の注意を払わなければならない。魔力切れを起こすと判断できた時点で、オババの言うように作業を中断させるべきだったろう。

しかし、俺は彼女の意を汲《く》み、神聖錬金術を続けさせるべきだと思った。

見習い錬金術師でありながらも、ミーアが誠実に錬金術と向き合い続けてきたことを、よく知っているからだ。

意識が飛ぶ寸前までEXポーションを作り続けたミーアは、誰よりも錬金術師であることを誇りに思っている。途中で仕事を投げ出すなど、できるはずがない。

「オババが何度止めたとしても、ミーアは神聖錬金術でポーションを作っただろうな」

神聖錬金術がどれほどの負担を体にかけるかわからないが、彼女は楽しいだけで錬金術はできないと知っている。

薬草の下処理にしても、ポーションの査定にしても、形成スキルの特訓にしても。

苦悩を乗り越えた先に得られるものがスキルであり、たゆまぬ努力を重ねなければならない。純粋な気持ちで錬金術を楽しむことは、この仕事を長く続けるほど困難を極めてくる。

それだけに、ミーアには錬金術を無邪気に楽しんでほしい。いつまでも錬金術に夢を追い求めてほしいと思った。

スランプに陥った俺に、錬金術は楽しいものだと教えてくれたのは、ミーアなのだから。

このまま彼女が時間を忘れるほど没頭して、心から錬金術を楽しみ続けるためには、俺がもっとしっかり導いてやらなければならない。

まだ錬金術師の道を歩み始めたばかりのミーアは、環境次第で良くも悪くも変わってしまう。

「次は無理をさせるつもりはない。今回だけは許してくれ」

意識を失ったミーアを医務室に運び、ベッドに寝かせると、すぐに苦しむような表情を見せた。

「その薬草は、私のですよ……むにゃむにゃ」

魔力切れしたにもかかわらず、どうやら夢でもポーションを作ろうとしているらしい。

緊張感の欠片《かけら》もない寝言に、俺は思わず笑みがこぼれる。

「フッ、心配するな。またすぐに錬金術をできる日がやってくる」

どこか安心したように力を抜いたミーアを見た後、俺は医務室から離れて、工房に向かう。

ミーアがこれだけ頑張ってくれたんだ。できる限り良い結果に繋がるようにフォローしてやらないと、合わせる顔がない。

他の錬金術師たちがミドルポーションを作成するまで、時間を稼ぐことに専念しよう。

残り少ない俺の魔力でも、まだEXポーションを作れるはずだ。


医務室にミーアを寝かせた後、再びEXポーションを作った俺は、王都の東門を訪れていた。

臨時テントが設置されたこの場所では、怪我《けが》した騎士が休んでいたり、救護班が包帯で応急処置をしていたり、生徒たちが身を寄せ合ったりしている。

その落ち着いた様子を見る限り、ポーション不足で混乱することもなく、負傷者を適切に治療できている印象を受けた。

薬草不足の状況下で魔物が繁殖したため、もっと殺伐とした雰囲気になっているかと心配したが、杞憂《きゆう》に終わったらしい。

おそらくミーアの作ったEXポーションが届いて、心に余裕が生まれた影響だろう。

薬草不足でもポーションが運び込まれるとわかれば、安心感を得られるから。

しかし、まだ暗い情報が少し入るだけでも空気が一変する恐れがあるほど、緊張感は残っていた。

王都に住む腕の良い錬金術師でも、ミドルポーションの作成には時間がかかる。

無理をしてでも追加のEXポーションを作ってきたのは、正解だったかもしれない。

後は勇敢な騎士たちの活躍に任せて、無事を祈ることしかできないが……。

そう思っていると、少し気になる光景が目に映し出される。東門の内側で動けそうな騎士たちが話し合いをしているのだ。

この期に及んで、予備兵力など存在しないはずだが。

疑問を抱きながら周囲の状況を見渡していると、傷を負った騎士を手当てするヴァネッサの姿が見えたので、彼女の元に向かった。

「状況はどうだ？」

「クレインちゃんたちが作ってくれたポーションのおかげで、今はかなり落ち着いているわ。被害予想よりも負傷者が多くて、取り乱す人も多かったの。状況としては、取り残された生徒の捜索も長引きそうな感じね」

「厄介なことになったな。ミドルポーションが早く届くといいんだが……」

予備のポーションがない以上、魔物と戦って殲滅《せんめつ》する策は取れない。夜が来る前に捜索を終えなければ、夜目の利く魔物の方が有利になり、被害が拡大するだけだろう。

このままでは、厳しい判断を迫られる可能性も出てくるかもしれない……。

あまり良くない光景を思い描いた俺は、余計なことを考えるのはやめて、ヴァネッサに追加のポーションを手渡す。

「十本しか用意できなかったが、追加のポーションだ」

「助かるわ。もう最後の一本しか残っていなかったのよ」

「それほどまでに被害が大きいとなると、異常な数の魔物が繁殖しているみたいだな。その割には、士気が高いように感じるが」

「どういう意味だ？」

先ほどの動けそうな騎士たちの様子が頭によぎると、ヴァネッサの顔色が変わった。

「やっぱりクレインちゃんは、このポーションを使ったことがなかったのね」

「ついてきて。実際に見た方が早いもの」

騎士の手当てを終えたヴァネッサと共に、急いで別の騎士の元に向かう。

魔物につけられたであろう腕の傷口を水で洗い、悔しそうな顔で下唇を噛《か》み締めて、息を乱している者だ。

「追加のポーションが届いたわ。これで戦場に戻れるはずよ」

「……感謝する！」

ヴァネッサからポーションを受け取った騎士の勇ましい顔を見て、俺は疑問を抱かずにはいられなかった。

ポーションに傷を癒《いや》す効果があるのは事実だが、失った血液や体力までは戻らない。前線から退いてきて、まだ治療も終えていない騎士が、再び戦場に戻るなどあり得なかった。

たとえ、どれほど良質なポーションを飲んだとしても、である。

しかし、騎士は疑う様子もなく、EXポーションを口にした。

回復成分と魔力が怪我した部位に流れ始めると、僅《わず》かに青く光りながら傷口がゆっくりと塞《ふさ》がっていく。

ポーションで傷が治癒する光景は何度も見たことがあるが、EXポーションは治癒するスピードが僅かに早い。良質な薬草で作ったポーションと言われても納得できるほど、治癒力が高められている気がした。

「予想以上に良質なポーションだな。普通のポーションと比較しても、効果に大きな差があるとは思えないが……」

そう思った瞬間、目の前の騎士が予想外の行動を取り始めた。

何事もなかったかのように腕を動かし、手の感覚を確認するように何度もグッと拳を握り締めている。

乱れていた呼吸も落ち着きを取り戻しているため、とてもではないが、先ほどまで怪我をしていた者とは思えなかった。

騎士も驚いた表情を浮かべているので、今までのポーションでは感じたことのない初めての経験なんだろう。

「痛みもなく、力が入る。戦闘に支障をきたすことはなさそうだ」

「本当に動いても大丈夫なのか？」

「問題ない……あっ、いえ、問題ありません。クレイン様が作ってくださったポーションのおかげで、我々は再び戦場に戻ることができます」

騎士の言葉を聞いた瞬間、俺はすべてを察した。

先ほど話し合っていた騎士たちは、EXポーションで治療を終えていた者であり、予備兵力ではない。戦闘ができるまでに回復したと判断された騎士たちだったのだ。

その証拠と言わんばかりに、大勢の騎士が集まってくる。

甲冑《かっちゅう》に血が付着していながらも、怪我をしたとはわからないほど凛《りん》とした態度を取っていた。

「これで娘の捜索に参加することができます。クレイン様には感謝してもしきれません」

年配の騎士から称賛の言葉を投げ掛けられると、他の者たちがそれに合わせて敬礼する。

彼らが国を守る騎士である以上、戦場に戻れると判断したのなら、その強い意志を尊重するしかないが……。

どうしても一つだけ訂正しておきたいことがあった。

「今回のポーションを作ったのは、俺じゃない。俺は作成の補佐をしていただけだ」

「クレイン様でなければ、いったい誰が……？」

戸惑う騎士たちには申し訳ないが、動揺させるつもりも、精神的に追い込むつもりもない。

ただ、ミーアが作り出してくれた時間を大切にしてほしかった。

「まともなポーションが作れない状況下で、一人の見習い錬金術師が一心不乱に作成してくれたものだ。奇跡的にこれほどの人々を癒すことができたが、もう作れる状態にない。本人が持ってこれない状況に陥ったため、俺が代わりに足を運んでいる」

ポーションを作らなければ、誰かの命が失われてしまう。そんな重圧に耐えながら、俺たち錬金術師はポーションを作り続けている。

宮廷錬金術師とか、見習い錬金術師とか、今はどうでもいい。

過酷な戦場に向かう騎士であろうと、工房で調合する錬金術師であろうと、負傷者を手当てする者であろうと、誰かを助けるために動き続けている。

役割が違うだけで、人の命を救おうと動く者に優劣をつけたくはなかった。

「他にも多くの錬金術師がポーションを作り、命を繋げようと奮闘している。今はまだ厳しい状況には変わりないが、直《じき》にポーションは届く。なんとか被害を抑えてくれ」

「お任せください。魔物相手に二度も後れは取りません。この機会を無駄にしないと誓いましょう」

力強く頷いた騎士たちは、凛とした表情を浮かべて、王都を出発する。

決して振り返ることなく、彼らはただ前だけを見据えて歩いていった。

そんな騎士たちの姿を見た俺は、張り詰めていた気持ちが途切れたのか、僅かに手が震え始める。

思った以上に魔力を消耗しすぎたみたいだ。もう錬金術ができるような状態ではない。

なんとか自分の役目を果たせたか……と思っていると、不敵な笑みを浮かべたヴァネッサが顔を近づけてくる。

「ミーアちゃんはまだ見習い錬金術師よ。本当に実績を渡してもよかったの？」

「あのポーションの作成方法を見出《みいだ》したのは、ミーアだ。俺はその技術を用いて、ポーションづくりを手伝ったにすぎない」

「相変わらず律儀《りちぎ》なのね。普通はミーアちゃんの代わりに、クレインちゃんが称賛の言葉を受け取るところよ」

「馬鹿を言うな。宮廷錬金術師の工房でポーションを研究していた俺でも、あの状況で対処できる術《すべ》を持たなかった。もしミーアがいなかったら、もっと悲惨な光景になっていたはずだ」

改めて周囲を見渡してみても、取り乱している人はいない。怪我の治療を終えた騎士たちが再び戦場に向かい、希望を抱くように励まし合う人たちが見える。

まだ騒動が終わったわけではないから、怪我人の治療くらいは手伝ってもいいんだが……。俺には別の場所でやることがあった。

「ヴァネッサ、後は任せてもいいか？」

「わかったわ。ミーアちゃんをよろしくね」

「言われるまでもない。助手の面倒を見るのは、上に立つ者の仕事だ」

まだまだ緊迫した雰囲気が流れる東門を後にして、俺は王城に向かう。

ちゃんと休ませるのも上司の仕事だとオババに釘を刺されているし、誰よりも頑張った功労者を放っておくわけにはいかない。

見習い錬金術師や助手ではなく、一人の尊敬する錬金術師として、早く回復することを願うばかりだった。

幕間　二つの処分（Side：ジール）

魔物が大量発生した騒動が収まり、王都に平和が訪れる頃。

錬金術ギルドの一室では、事態を深刻な状況に導いたジールが呼び出されていた。

「Cランク錬金術師、ジール・ボイトス。貴様を錬金術ギルドから除名処分とする」

ギルドマスターと、サブマスターであるヴァネッサに冷たい視線を向けられて、ジールは唖然《あぜん》としている。

「じょ、除名処分……？」

あまりにも重い処分に、ジールは驚きを隠せない。Cランク錬金術師が警告もなく除名処分にされるなど、普通では考えられないことだった。

しかし、クスリとも笑いそうにないギルドマスターの顔を見れば、冗談と思えるものではない。

「貴様が薬草を買い占めたことで、王都に大きな混乱をもたらしたのは、言うまでもない。特に悪意のある行為と判断されたのは、市場にポーションを流通させず、薬草を乱雑に扱った点にある」

ただ買い占めただけなら、ここまで大きな問題にならなかっただろう。問題が発生した時、錬金術ギルドに薬草かポーションを寄付すれば、厳重注意で済むだけの話だった。

しかし、ジールの取った行動は違う。大量の薬草を無駄に消費して、多くの人々を巻き込み、多大なる被害をもたらしている。

魔物の繁殖で被害を受けた生徒だけでなく、救出に向かった騎士までも満足のいく治療を受けられず、一時的に応急処置で対応せざるを得なかった。

ポーションを作るはずの錬金術師が治療を妨げてしまったのだから、批判の声は大きくなる。

王都で悪い噂《うわさ》が流れていたこともあり、ジールの立場は悪化する一方だった。

「本来なら、多額の罰金と降格処分を言い渡すところだ。貴様が本当に錬金術師ならば、の話だが」

ギルドマスターが不穏な言葉を発すると、ヴァネッサが懐から一本のポーションを取り出す。

「君がBランク錬金術師の昇格技能試験に提出したポーションを、解析させてもらったわ。その結果、君の魔力はほとんど含まれていないと判明したの。それがどういう意味か、わかるかしら？」

「俺が制作者とは認められない、ということか？」

「惜しいわね。君には錬金術ができない、ということよ」

ヴァネッサの言葉を聞いても、ジールは理解が追い付かなかった。

天才錬金術師であるはずの自分が、錬金術ができないなどと言われる日がくるとは、考えもしなかったのだ。

「そんなはずはない。俺は確かに、この手でポーションを……。ポーションを……」

「ポーションを、なに？　ポーションをどうしていたのか、教えてちょうだい」

作っていた、その言葉が出てこない。

昔は一人でポーションを作っていた記憶がある。数年前まで、確かに一人でポーションを作っていたのだ。

しかし、今は違う。何度やってもポーションが作れない。

自分で提出したポーションすら、本当に自分が作ったのかわからなくなっていた。

スッカリと自信を失ったジールの姿を見て、ヴァネッサは何かを確信したかのように大きなため息をこぼす。

「稀《まれ》にあることだけど、長期間使用していなかったり、著しく作業量が少なかったりすると、スキルを失うことがあるわ。普通は慎重に調査しなければならないんだけど……、一人の女の子が証明してくれたのよね」

そう言ったヴァネッサが、懐からもう一本ポーションを取り出した。

「ミーアちゃんが見本品として提出してくれたポーションよ。魔力を検査した結果、君が昇格試験に提出したポーションと同じものが検出されたわ」

見慣れたはずのポーションと聞き慣れた名前を聞いて、ジールの中で何かが大きく崩れ落ちていった。

宮廷錬金術師の助手に選ばれたミーアの噂、ジールが錬金術のスランプに入った時期、そして、何度挑戦しても作れないポーション。

ヴァネッサが持っているたった二本のポーションを見て、ようやくジールは現実を受け入れることができた。

錬金術をやっていたのは、自分ではなかったのだ、と。ちょっとした飾りつけ程度の作業だけして、威張っていたにすぎないんだ、と。

自分を天才錬金術師だと信じて止《や》まなかったジールの心は、暗闇に覆われてしまう。

それは気持ちの問題だけではなく、現実にも押し寄せていた。

「貴様は今、錬金術のスキルを何一つ修得していないものと判断する。そのような者を錬金術ギルドに置いておくわけにはいかない」

「ま、待ってください！　俺はまだ錬金術師として――」

「諦めたまえ。貴様が出頭した時点で、国に引き渡すのは決定事項だ。王都の医療を崩壊させた罪は重く、国からも重い処分が下されるであろう」

ギルドマスターが言い放った言葉が嘘《うそ》ではないと示すように、コンコンッと扉がノックされる。

堂々とした佇《たたず》まいで入ってきたのは、何人もの屈強な騎士たちであった。

「ジール・ボイトス。貴様には、国家転覆の疑いがかかっている。悪いが、詳しい話を聞かせてもらおうか」

「こ、国家転覆罪……だと!?　な、なぜだ！　俺は何もしていない！」

「無実を証明したいなら、ポーションを流通させなかった理由を教えてくれ。治療ができずに死んでいった同胞のためにも、な」

騎士たちに鋭い視線を向けられ、ジールは混乱した。

自分のせいで人が死んだ。その事実を聞かされ、冷静でいられなくなってしまう。

「何もしていない。俺は悪くない、悪くないんだ。悪いのは……、ミーアだ！　あいつが夜遊びの一つも許容できないほど心が狭いから、こんなことになったんだ！　そうだ、全部ミーアが――」

必死で無実を訴えるジールに、騎士は剣を向けて、黙らせた。

「此度《こたび》の件で死力を尽くした彼女に罪を着せるとは、何事か！　私情であったとしても許されはせん！　身柄を拘束するぞ！　家宅捜査も強制実行に切り替えろ！」

「待て！　待ってくれ！　俺は何もやって……グハッ」

この日、言い訳ばかりするジールの言葉に、もう誰も耳を傾けることはなかった。

錬金術ギルドの証言と家宅捜査の情報を合わせれば、国家転覆の意志はないと判断されるかもしれない。

しかし、それと同時に錬金術師ではないと証明され、大きな罪を背負うことになってしまう。

自称天才錬金術師は、国家を陥れた詐欺師に生まれ変わり、厳しい非難の言葉を浴びせられるのであった。

見習い錬金術師

眩《まぶ》しい光に照らされた私は、意識を取り戻して、重い瞼《まぶた》を持ち上げた。

まだ起きたばかりで頭がうまく働かないが、いつもと視界に映る光景が違うことに疑問を抱き、周囲を確認する。

窓から見える城壁、広々とした天井、そして、顔を覗《のぞ》き込んでくるヴァネッサさんが見えた。

「気分はどう？」

「気持ち悪いです。体も重いし、めちゃくちゃ憂鬱《ゆううつ》です」

どうしてこんなことになっているんだろうか……と思い、窓の向こう側を眺めると、慌ただしく動く騎士たちの姿が見え、すぐに自分の置かれている状況を理解する。

ＥＸポーションを作っている間に力尽きたんだ、と。

「ポーションは足りましたか？」

「おかげさまでね。今は人のことより、自分のことを心配するべきよ。魔力が尽きるまで錬金術をしていたんだもの」

「どうりで体調が悪いと思いました。魔力が枯渇すると、こんな感じになるんですね」

「普通はそうなる前にやめるものなんだけど……見習いちゃんだし、私の責任もあるものね」

徐々に声が小さくなっていったヴァネッサさんは、申し訳なさそうな表情を浮かべていた。

今回の騒動はヴァネッサさんが悪いわけではないし、ＥＸポーションの作成方法を伝えていなかったんだから、依頼内容が適正かどうか判断できなくても、仕方ないと思う。

錬金術ギルドのサブマスターとして、必死に動き回り、問題の解決に尽力していた彼女を責めるつもりはなかった。

「気にしないでください。自分でやったことですから」

「ミーアちゃんって、そういうタイプ？　ここは責めてくれた方が気が楽なんだけど」

「そんな趣味はありません。私は依頼をこなしただけです」

魔力が枯渇して気分が優れないため、思わずヴァネッサさんの言葉を強く否定してしまう。

すると、ヴァネッサさんが萎《しお》れた花のようにしょんぼりとした。

「本当にごめんなさい。まさか騎士団にご家族が在籍されているとは思わなかったの。もっと違う形で依頼を出せていれば、ミーアちゃんを精神的に追い込まなかったはずよ」

別に私は怒っているわけでも、不貞腐《ふてくさ》れているわけでもない。クレイン様に無理しないように言われていたし、オババ様にも止められていたので、本当に自己責任だと思う。

ただ、直接依頼を出したヴァネッサさんが謝罪する気持ちもわかる。

今までの自由奔放なイメージと違いすぎて、どう対応していいのかわからないが。

「本当にヴァネッサさんですか？　すごい真面目なんですけど」

「大きな問題に発展したら、謝罪くらいはするわ。一応、これでも錬金術ギルドのサブマスターなんだもの」

「いつもそう言いながらふざけていますが」

「……そうかしら？　いやだわ、私はいつでも真面目なのに。ミーアちゃんったら、意外に人の心を弄《もてあそ》ぶタイプだったのね」

「そういうところですよ」

てへっ、と可愛《かわい》らしく舌を出すヴァネッサさんは、ようやくいつもの雰囲気に戻った。

正確に言えば、戻してくれた、と言った方が正しいだろう。しっかり謝罪を済ませた後、私の様子を見て対応を変えてくれたのだ。

緊急依頼を頼みに来た時も真面目だったし、意外に気配り上手なのかもしれない。

「ところで、騎士団の詳しい情報を聞いても大丈夫ですか？」

「まあ、被害がゼロというわけではなかったわ。でも、予想していたより遥《はる》かに少なかったの」

「そうですか。それは何より――」

「で、どうやってあのポーションを作ったの？」

目をキラーンと輝かせるヴァネッサさんは、心の切り替えが早かった。

「私がパッと見た限り、ミドルポーションに近い感じだった。でも、実際には違う。傷口の治癒を助けるだけでなく、不思議と疲労まで回復して、騎士の間でも話題になっていたのよ」

もはや、先ほどまでのしょんぼりしていた雰囲気は微塵《みじん》も感じられない。完全にいつものヴァネッサさんに戻っていた。

正直なところ、EXポーションの感想を深掘りしたい気持ちはある。しかし、神聖錬金術の話に繋《つな》がることを考慮すると、聞かない方がいいだろう。

一般的な錬金術と区別している意味がわからないし、どうしてオババ様以外に知る人がいないのかもわからない。興味本位でＥＸポーションのことを話して、必要以上に話題を広げたくなかった。

「あのポーションは……、頑張った結果です」

そのため、とても下手な誤魔化《ごまか》し方で乗り切ろうと試みる。

ヴァネッサさんが物理的にすり寄ってくるが、私は心の距離は大きく取った。

「はぐらかさなくてもいいじゃない。私とミーアちゃんの仲でしょう？」

「そんなに仲の良いイメージを持っていませんが」

「酷《ひど》いわ。錬金術ギルドで話すほどの仲なのに」

「互いに仕事なだけじゃないですか。プライベートで関わった記憶はありません。でも、看病していただいて、ありがとうございます」

「どういたしまして……と言いたいところだけど、私は少し様子を見に来ただけよ。逆にお邪魔しちゃったみたいで、申し訳なかったわ」

何のことを言っているんだろう、と疑問を抱いていると、部屋の扉がノックされ、クレイン様が入ってくる。

ニマニマとした笑みでウィンクするヴァネッサさんと、目の下にクマができているクレイン様を見て、なんとなく状況を察した。

一緒にＥＸポーションを作っていたクレイン様も疲れていたはずなのに、ずっと看病してくださっていたんだろう。その結果、ヴァネッサさんが変な誤解をして、一人で盛り上がっているにすぎない。

「目を覚ましたか。気分はどうだ？」

「あまり良くはないですが、意識はハッキリとしています」

「そうか。それくらいの状態なら、三日ほどの休養で済みそうだが、念のため一週間は休んでくれ」

「えっ？　この症状が回復するまで、そんなに時間がかかるんですか？」

「ベテランの魔術師や錬金術師でも、魔力が枯渇したら三日は大事を取る。ミーアの場合は……、余計に気をつけた方がいい」

やっぱり神聖錬金術のことは、クレイン様も内緒にしておきたいみたいだ。ヴァネッサさんの顔をチラッと見た後、わざわざ口を濁していた。

「わかりました。無理に仕事復帰する方が迷惑をかけそうなので、しばらくは大人しくしています。正直、今はここから動きたくありませんし」

「だろうな。俺も何度か魔力を枯渇するまで作業した経験はあるが、会話するのが億劫《おっくう》だった」

「そうよね、私も気持ちはわかるわ。かなりキツい女の子の日みたいな――」

「変なたとえはやめてください！　ヴァネッサさんには、デリカシーというものがないんですか！」

クレイン様がいらっしゃるのに、すごくわかりやすい例えですね、なんて共感できませんよ。まったく、もう！

「私はこのままもうひと眠りしますので、クレイン様も休んでください」

「そうだな。そうさせてもらおう」

「じゃあ、私もミーアちゃんと一緒に休んじゃおうっかなー」

「ヴァネッサさんは仕事してください。錬金術ギルドが呼んでいますよ」

ちょっぴり辛辣《しんらつ》な態度を取っているような気もするが、魔力が枯渇状態でイライラするのだから、仕方ない。

自分でもわかるくらいにはムスッとしているので、こんな顔を二人に見せたくなくて、布団を被《かぶ》って眠ることにした。

早く魔力が回復して、憂鬱な日が過ぎ去ることを願いながら。


魔力切れの不調が治るまで、本当に一週間もの時間を費やした私は、その恐ろしさを痛感した。

体内のエネルギー源でもある魔力が不足したことで、胃腸にも不調が現れ、心身共にボロボロ状態。毎日ベッドの上でおかゆを食べるだけの生活を過ごしていた。

神聖錬金術の影響で、思った以上に体に負担がかかっていたのかもしれない。今ならオババ様が止めようとしてくれた気持ちが痛いほどわかってしまう。

もう二度と魔力切れを経験したくないと思うくらいには、心苦しい日々を過ごしたから。

そんな病み上がりの私に朗報が届いたのは、昼ごはんに具だくさんの野菜スープを感動しながら食べていた時のこと。

今回の魔法学園の遠征実習の騒動に関わった人を労《ねぎら》うパーティーが王城で開催されることになったと、うちで働くメイドさんが教えてくれたのだ。

本来であれば、病み上がりの姿を見せたくないと思うのが、女の子というものだろう。世の中には、意図的に弱った姿を見せて男性を誘惑するたくましい方もいるらしいが、私の思考はそれとは違った。

王城で出されるパーティー料理が食べたい。休養という名のおかゆ生活が続いたので、体がおいしい料理を求めている。

食欲に負けてパーティーに出席すると決めた私は、貴族として恥をかくわけにはいかないので、入念な準備を進めた。

メイドさんにメイクをしてもらい、髪をまとめて、パーティー用の青いドレスを身にまとう。

スレンダーに見せるためのコルセットも、今日は全然きつくない。すんなりとドレスを着られてしまう事実が、どれほど魔力切れが恐ろしかったかを物語っているだろう。

その分いっぱい食べられるのでは？　と思うあたり、食欲に素直すぎる気もするが。

パーティーが始まる夜を迎える頃、久しぶりにちゃんとした食事が堪能できると、舞い上がるような気持ちで王城に足を運ぶ。

すると、早くもパーティー会場は大勢の人で賑《にぎ》わっていた。

冒険者ギルドや錬金術ギルドに所属する方や、魔法学園に通っている生徒とその親、そして、戦い抜いた騎士団員。これだけ多くの人が関わっていたと目の当たりにすると、改めて大きな事件だったのだと実感する。

しかし、食欲に支配されている私が注目するのは、そこではない。テーブルの上に並べられたパーティー料理の数々を見て、すぐに興味が移る。

普段の立食パーティーは貴族向けのおしゃれな料理が並べられる。でも、今日は参加者に合わせたみたいで、ボリューミーな料理が用意されていた。

色とりどりの新鮮な野菜を使ったサラダに、芳《こう》ばしい香りが漂うパンも魅力的だが……。

「おーにく♪　おーにく♪」

おかゆ生活が続いた私が求めるのは、ジューシーな肉一択である。

こんがりと焼いた肉もいいし、じっくりと煮込んだホロホロの肉もいい。断面が刺激的なレアステーキも食欲をそそる。

周りは冒険者や騎士といった男性ばかりで目立ちそうな気もするが、今日は負けじとガッツリ食べると決めているので、誰がいようと気にしない。

いくら私が子爵家の人間であろうと、この場ではただの見習い錬金術師にすぎないだろう。

そんな私に声をかけてくる人など、絶対に存在しな――。

「これはこれは、ミーアくん。此度《こたび》は随分と活躍したと聞いているよ」

一週間ぶりの幸せを味わおうとしているのに、いったい誰が……。と思いつつも、声をかけてきた人を見て、私はすぐに貴族スマイルを浮かべた。

「とんでもございません。いろいろとご迷惑をおかけしております、ブルース伯爵」

ジール様と婚約していた時、ポーションの取引をしていたブルース伯爵だ。武家の名門であり、お父様が大変お世話になっているため、頭が上がらない方だった。

「ハッハッハ、昔の取引のことかね。こちらは何も気にしていないよ。それよりも、ミーアくんが錬金術師になっているとは思わなかった」

「自分でもそう思っておりますが、私はまだまだ見習いの身ですので」

「謙遜しなくてもいい。君さえよければ、もう一度ポーションの取引をしてほしいくらいだよ」

「もったいないお言葉をいただき、光栄に思います」

「錬金術ギルドに登録しているのであれば、依頼を出しておくが……？」

「よろしくお願いいたします」

「こちらこそよろしく頼むよ」

満足げに立ち去っていくブルース伯爵を見て、私は思った。

どうしてこうなった？　と。

お父様と付き合いの深い方とはいえ、私が見習い錬金術師として活動していると知って、すぐにポーションを契約してくださるなんて。ジール様との長期契約は、打ち切るつもりなのかな。

今後の貴族付き合いを考えれば、私とポーションの取引をしても、ブルース伯爵のメリットは少ない気がするんだけど。

まあ、ここで考えても仕方ない。今はおいしそうな肉に狙いを定めて——。

「おお、ホープリル子爵令嬢。こんなところにいたのかね」

「えっ。ウルフウッド公爵……！　お、お世話になっております」

肉が食べられない、などと不貞腐れている場合ではない。魔法学園の運営に関与されていらっしゃるウルフウッド公爵を前にしたら、皿なんて持っているわけにはいかないのだ。

ましてや、この方もジール様とポーションを取引されている。多忙がゆえに、冒険者ギルドで働いていた時に数えるほどしかお会いしたことがなく、秘書の方を通じて取引を進める形が多かったので、あまり面識がない。

ハッキリ言って、このパーティーで一番会いたくない権力者だった。

「噂《うわさ》では、宮廷錬金術師の助手として働いているそうじゃないか」

「は、はい。おかげさまをもちまして……」

嫌味として言われているのか、素直に褒められているのかわからない。よって、苦笑いを浮かべて様子を見ることしかできなかった。

そんな中、私を追い詰めるかのように、ウルフウッド公爵が顔を近づけてくる……！

「あまり大きな声で言えないが、君が例の件を引き受けてくれた時は驚いたよ」

「例の件、ですか？」

「錬金術ギルドのヴァネッサくんから聞いているだろう？　ポーションの契約の件だ」

もしかして、錬金術ギルドに登録した時、ヴァネッサさんに押し付けられたCランク依頼のことだろうか。

トラブルになっている案件と聞いていたけど、相手がウルフウッド公爵だったとは。

ハッ！　まさかウルフウッド公爵とトラブルを起こした相手って、ジール様!?　元婚約者の私に尻拭《しりぬぐ》いをさせようとして、ヴァネッサさんは依頼を回したってこと!?

そんな考えがあるんだったら、予《あらかじ》め伝えておいてほしかったよ、ヴァネッサさん……！

「その節はどうもご迷惑をおかけして、申し訳ありませんでした」

「いやいや、何の冗談かと驚きはしたが、今では満足しておるよ。今回の魔物の襲撃騒動においても、非常に役立ったと聞いている」

「そうおっしゃっていただけると、ありがたく思います。ポーションが足りないと聞いていたので、不安に思っておりました」

「魔物の襲撃を受けて、大半のポーション瓶を失った影響は大きかったね。だが、残ったポーションで命を取り留め、無事に帰還した者もいる。君は良い仕事をしてくれたよ」

そう言ったウルフウッド公爵は、私の肩をポンポンッと軽く叩《たた》いた後、パーティー会場の人混みに消えていった。

まさか子爵家の私が、ウルフウッド公爵に直接労いの言葉をいただくなんて。クレイン様に助手の話をいただいた時と同じくらい、頭が混乱してしまっている。

今日はいったいどうしたんだろうか。とりあえず、肉を食べて考えよう。単純にお腹が空《す》いて、頭が回らないのかもしれない。

そう思った私は、鋭い目つきでギロリッと肉をロックオンしたのだが……。

またひと騒動あるみたいで、次々に貴族男性が近づいてくる姿が見えた。

「ミーア嬢、少し時間をもらってもいいかな。今、フリーなんだってね」

「お前、抜け駆けするのは卑怯《ひきょう》だぞ。ミーアさん、ちょっと俺と話さないか？」

「彼らのことは放っておいて、僕と一緒に来ることをおすすめするよ」

なぜ興味を抱かれているのか、サッパリわからない。結婚寸前で婚約破棄をした令嬢なんて、貴族としての価値が低いはずなのに、どうして言い寄られているんだろう。

私は婚約という呪いから解放されたばかりなので、彼らと関わりを持ちたくなかった。

肉をガッツリ食べるという、貴族令嬢らしからぬ行動が取りたいだけなのに——。

「婚約してないんだよね？」

「新しい婚約者はいないと聞いているぜ」

「君と僕の未来について話したいと思わないかい？」

どうして邪魔をするの！　このパーティー会場に、もっと素敵な貴族令嬢はいっぱいいらっしゃるでしょうが！

「ああ～……えーっと、ちょっと婚約破棄したばかりでして……。地に足がついていないと言いますか、まだ考えられないと言いますか……あは、あははは……」

嫌な予感がした私は、サッとその場を後にする。

気遣うばかりで疲れる貴族の生活から抜け出し、自由に物を生み出す錬金術師の生活を手に入れたのに、また誰かの婚約者になんてなりたくない。

婚約という首輪を嵌《は》められるなんて、二度とごめんだ！　私もヴァネッサさんみたいに自由な生活が欲しい！

ひとまず身を隠さなければならないと思い、パーティー会場を飛び出し、裏庭にやってくる。

すると、そこにはポツンッと一つの人影があった。

「……ミーアか？」

「うげっ！　ジール様！」

この世界でもっとも会いたくない元婚約者と再会して、思わず『うげっ！』と言ってしまう。

そんなことを本人の目の前で口にすれば、プライドの高いジール様が逆上するのは、明らか……だったはずなのだが。

「随分と嫌われたものだな。まあ、仕方ないか」

今日のジール様は、いつもと雰囲気が違った。

物腰が柔らかくなったというより、落ち込んでいるように見える。生気が感じられないほど元気もなく、頬《ほお》が痩せ細っていた。

「ちょうど話ができたらいいなと思っていたんだ」

「い、今さら何の用ですか？　婚約破棄は成立したはずですけど」

「警戒しないでくれ……と言っても、無理な話か。今日がミーアに謝る最後のチャンスだと思い、足を運んだだけなんだが」

謝る……？　ジール様が、私に？

えっ、何を言っているんだろう。今まで頑《かたく》なに非を認めなかったというのに。

「熱、あります？」

「そんな冗談も言えるような人間だったんだな」

「心の底から思っている言葉なんですけど」

こちら側からしたら、謝るなんて冗談をよく言えたものだ、と思っている。婚約している間、感謝の言葉も謝罪の言葉も一言たりとも聞いたことがないのだから。

それなのに、目の前では信じられない光景が繰り広げられる。プライドの高いジール様が、私に頭を下げているのだ。

「今まで自由勝手にやってきて、本当にすまなかった。ミーアの大切な時間を壊してしまった」

急に豹変《ひょうへん》して謝られても、普通に怖い。何か裏の意図があるのではないかと、詮索《せんさく》してしまう。

でも、ジール様が自分のプライドを捨てて、そんな行動を取るとは思えなかった。

「私とジール様の関係は、もう終わりました。今までのことは何も気にしていません」

「いや、俺が気にする。どれだけ私財が残るかわからないが、少しでも慰謝料を払わせてくれ」

「お断りします。正式に婚約破棄は成立しましたから」

厳しいかもしれないが、ジール様が改心したとしても、とにかく関係を持ちたくない。償ってほしい気持ちよりも、関わりたくない気持ちの方が強かった。

「だが、それでは――」

「その代わり、どういう心境の変化があったのか、教えてください。急にこんなことを言われても、逆に怖いです」

素直な気持ちをぶつけてみると、妙に物わかりのいいジール様は、ポケットから見慣れたものを取り出した。

「俺が本気を出して、ようやく完成したポーションだ。ミーアには、見せておこうと思ってな」

ジール様から受け取り、査定してみると……すべてを悟った気がした。

「品質は見ての通り、ろくでもないものだ。何度も挑戦し続けたのに、売り物にすらならない。粗悪品しかできなかったよ」

王都が薬草不足で困っているこの時期に、何度もポーションづくりに挑戦するなんて、薬草を買い込まない限りできないだろう。

薄々気づいてはいたけど、ポーションを納品せずに王都を混乱させたのは、ジール様だったのだ。今日が謝る最後のチャンスと言っていたのも、大きな責任を取ることになったからに違いない。

少なくとも、錬金術ギルドは除名処分。魔法学園や騎士団に悪影響を与えた以上、爵位を下げられるか、それとも貴族の地位を失うのか。

「騎士団との契約もうまくいかなくて、ポーションを納品できなかった。それをミーアにフォローされたら、さすがに馬鹿でも気づくよ。天才は俺じゃない、ミーアだったたってな」

「私は錬金術が好きなだけで、天才ではないかと」

「宮廷錬金術師の助手に抜擢《ばってき》されて、これだけ活躍しているのに、何を言ってるんだよ。威張っていた俺が惨めすぎるだろ」

そんなことを言われても困るが……、どうして私がポーションを作ったと知っているんだろう。よく考えれば、ブルース伯爵もウルフウッド公爵もそうだ。珍しく貴族男性たちにも声をかけられたし、情報が漏れすぎている気がする。

「以前、見習い錬金術師になったことは確かにお伝えしましたが、どうしてポーションを作ったことまで知っているんですか？」

「恨むなら、クレインを恨むんだな」

「クレイン様を？」

「奴が手柄を拒否した影響で、ミーアの名前が広がったんだ。助手の功績を奪うことはできない、その言葉で王城がどよめいたと聞いている」

ヴァネッサさんも似たようなことを言っていたので、ジール様の言葉は本当だろう。

真面目なクレイン様らしいと思う反面、そこは素直に手柄を受け取るべきだと思う気持ちもある。

あのポーションは共同で制作したもので……ん？　王城が、どよめいた……？

く、クレイン様？　なんだか恐ろしい場所で情報を公開していませんか？　まさかとは思いますけど、国王様に謁見《えっけん》している最中ではありませんよね？

聞くのが怖いので、聞かなかったことにしますけど。

「私としては、自分だけが手柄をあげるのは、複雑な気持ちですね。クレイン様と一緒にポーションを作ったという認識なんですが」

「俺は素直にカッコイイと思ったよ。貴族や宮廷錬金術師という立場にあぐらをかかず、助手に敬意を払っていることが伝わってきた。ミーアがあの男を選んだ理由もわかった気がする」

クレイン様が良くしてくださっているのは間違いない。

錬金術を教えてもらう時は上の立場になり、御意見番の仕事の時は対等な関係に見てくれる。

精神的に追い詰められた時には気遣ってくださるし、仕事に対する姿勢も真面目で、価値観も一致していると思うが……。

変な誤解をされている気がする。私とクレイン様は恋愛関係ではない。ただの師弟関係だ。

ジール様には誤解してもらっていたままの方が都合が良さそうなので、あえて否定しないが。

「最後に一つだけ聞かせてくれないか？」

「どうされましたか？」

「もし俺がもう一度婚約してくれと言ったら、ミーアはどうする？」

「……丁重にお断りすると思います」

「だろうな」

「なんですか、それ。今のは意味のある質問だったんですか？」

「戒めみたいなものだ。俺は本当に馬鹿だったんだなーってな。最後にそれが聞けただけでもよかったよ。ありがとう」

どこか晴れやかな表情を浮かべたジール様は、そう言って立ち去っていった。

本当にこれが最後なのかもしれないと思ったのは、騎士が監視するように尾行する姿を見た時だ。

普通だったら、共に貴族として生きる限り、必ずどこかで会う機会はある。でも、彼が最後と言い切るのであれば、きっと貴族の地位が剥奪《はくだつ》されるわけであって――。

「あいつも変わったな」

「うわあっ！　驚かさないでくださいよ、クレイン様」

ちょっぴり感傷に浸っていると、急にクレイン様に声をかけられた。

誤解されそうな話もあっただけに、変にドキドキしてしまう。

「すまない。ちょっと気になってな」

「いつから聞いていたんですか？」

「偶然通りかかっただけで、ほとんど何も聞いていない。名前を呼ばれたような気がして、こっちに足を向けただけだ」

「ああー……、そういうことですね。きっとジール様が名前を出したからでしょう。カッコイイって言ってましたよ」

「てっきり八つ当たりでもしているものだと思ったんだが、わからないものだな」

長年付き従っていた元婚約者の私でもそう思っているのだから、クレイン様が理解できないのも納得がいく。良い意味でジール様らしくなくて、誠実な対応だと思った。

ただ、ジール様が今回の事件を起こしたとわかり、複雑な気持ちを抱いてしまう。

ジール様の婚約者として過ごしていた時、私はホープリル家に恥じぬように生きてきた。でも、それがジール様の努力する機会を奪い、結果的に追い込んでしまったのかもしれない。

「もしも私が錬金術の作業を手伝っていなければ、ジール様はこんな事件を起こさなかったんでしょうか」

「奴が錬金術と向き合うことをやめて、自分の仕事を助手に押し付けた結果だ。ミーアが背負う必要はない。一人の錬金術師である前に、人として間違った道を選んでしまったんだろう」

「それを正すのも婚約者の役目だったのかな、と思いまして。もしかしたら、私も正しい道を歩めていなかったのかもしれません」

「どうだかな。少なくとも、俺はミーアが間違っていたとは思わない。奴もそう思っているから、あそこまで変われたんじゃないか？」

クレイン様にそう言われると、最後に見たジール様の晴れやかな顔を思い出す。

八年間も婚約者として過ごしたのに、あんな顔を見たのは初めてだった。今回の騒動で思うところがあり、悔い改めようとしているんだろう。

別れ際に戒めと言っていたのも、甘い考えを断ち切りたかったのかな。自分が背負うべき問題だと胸に刻むために、問いかけずにはいられなかったのかもしれない。

これからジール様がどうやって罪を償うのかはわからないけど……、それは彼の人生であり、私が関与するべき問題ではないんだと思う。

私たちはもう決別して、互いに別々の道を歩み始めているのだから。

クレイン様にも、後ろを向いている暇はない、と言わんばかりに真剣な顔を向けられる。

「すべてにおいて完璧を求める必要はない。人にできることなど些細《ささい》なことだ。たとえ間違った道を選んだとしても、何度でもやり直せる。自分が頑張ったと思える分だけ自信と誇りを持ち、次に進めばいい」

「……そうですね。胸を張って生きていけるように頑張ります」

苦い思い出が多かったとしても、これまで過ごしてきた日々が無駄だったと思いたくはない。気持ちを切り替えて、もっと前を向いて生きていこう。

心の中に残っていたモヤモヤした気持ちが薄れていくと、自然と強張《こわば》っていた体の力が抜ける。これで本当に私の婚約破棄は綺麗《きれい》サッパリ終わりを迎えて、婚約という呪いに縛られることはなくなった。

今後は貴族としての責務を果たすだけではなく、自分の幸せも考えて行動しよう。

まずはその第一歩として、王城に足を運んだ目的を達成したい。

体調を整えるという意味でも、おいしい料理を食べないと……！

「クレイン様、ちょっと付き合ってもらってもいいですか？」

「どうした？」

「パーティー会場で妙に声をかけられるようになって、食事がまだなんですよ。誰の影響かわかります？」

「間違いなく自業自得、ミーアのせいだな」

「いや、クレイン様ですよ。EXポーションの件、勝手に私だけを制作者としましたよね」

「当然だろう。EXポーションの作成方法を発見したのは、ミーアだ。その技術を用いて対処しただけで、制作者に俺の名を連ねる方がおかしい」

「共同制作だったじゃないですか。私だけが功績を称《たた》えられる方がおかしいと思います」

「俺はミーアの恩恵を受けたにすぎない。ＥＸポーションの存在を知っていたオババも驚いていたほどだぞ。早く現実を受け入れるべきだな」

何も悪いことはしていないと、変なところで意地っ張りなクレイン様を引き連れて、パーティー会場に戻ってくる。

すると、私に声をかけてきていた貴族男性たちがゾッとした表情を浮かべていた。

真面目なクレイン様は、貴族の間だと気難しい人で通っている。本当はひたむきに錬金術と向き合う青年だということを、ほとんどの人が知らない。

これで彼らも近づいてこないだろう、と思っていると、私と同年代の女の子を連れた年配の騎士が近づいてきた。

「クレイン様、この方が例の助手様でしょうか？」

「ああ。先の騒動でポーションを作った見習い錬金術師だ」

こうして噂が広がっていくのか……と、クレイン様を横目で見ていると、私は年配の騎士と女の子に深々と頭を下げられる。

「私は今回の騒動で生徒の捜索にあたった騎士の一人です。あなたが作ってくださったポーションがなければ、遠征に参加して行方不明だった娘の捜索を断念せざるを得ませんでした。本当にありがとうございました」

「怖い経験でしたが、こうして無事に戻ってこられて、ホッとしています。親子共々、助けていただきありがとうございました」

唐突にお礼を言われた私は、一瞬何が何だかわからなかった。でも、今回のパーティーが関係者を労うものだと思い出し、すぐに状況を理解する。

神聖錬金術でEXポーションを作った以上、それで命を繋いだ人がいても不思議ではない。

ただ、自分の作ったポーションを使用した人と会うのは、これが初めてだった。

今はまだ見習いだったとしても、私は錬金術師なんだと強く実感する。それがどうしようもないほど嬉《うれ》しかった。

「感謝の言葉は素直に受け取りますが、実際に魔物と戦って生徒を救出された騎士の皆さんの活躍も大きいと思います。本当にお疲れさまでした」

「……お父上に似て、真面目なお方ですね。お疲れ様でした」

宮廷錬金術師の助手ではなく、鬼教官の娘として知られていたとは……と思いつつも、わざわざお礼を言いに来てくれた親子と握手をして、その場を離れた。

そして、今度こそ誰かに話しかけられる前に、念願の鶏肉に手を伸ばし、口の中に放り込む。

「ん～！　久しぶりに食べる鶏肉は格別ですね。これ、レモンが利いていておいしいですよ」

「食べられるうちに食べておいた方がいいぞ。そのうちまた誰かが礼を言いに来るだろう」

「えっ……。錬金術師って、意外にパーティーで社交性を求められるものなんですね。知りませんでした。おいしそうなものだけ狙い撃ちにするので、見張っててもらってもいいですか？　後で代わりますから」

「声をかけられる方が珍しい……って、聞いてないな」

「ん？　クレイン様もローストビーフを狙っていましたか？」

「いや、気のせいだ。ゆっくり食べてくれ」

久しぶりに食べるおいしい料理の数々に舌鼓を打ちつつ、私は大勢の人々と挨拶を交わす。

たったそれだけのことが嬉しくて、改めて錬金術師の道を歩めてよかったと実感した。

労いパーティーが終わり、数日が過ぎた昼頃。魔力が回復して体調が良くなった私は、アリスの実家のレストランを訪れていた。

今は神聖錬金術で形成スキルの感覚をつかんだこともあり、最初に目標を立てたアリス用のネックレスを作っている。

「ミーアってさ、すっかり一人前の錬金術師だよね」

「まだ見習いの立場ですよ。技術ばかりが先行しているだけで、知らないことの方が多いんだから」

「そんなこと言っちゃってー。冒険者ギルドでも話題になってたよ。ミーアが活躍した話」

褒められるのはありがたいが、噂が変な広がり方をしているため、ちょっぴり居心地が悪い。どこに行っても声をかけられるほど、いろいろな業界で話題になっていた。

生徒の捜索に関与した冒険者ギルドや騎士団の方たち、生徒たちの親である貴族や平民の家族たち、そして、薬草不足でポーションが作れないと焦っていた錬金術ギルドの関係者など……。もはや、王都で知らない人の方が珍しいと感じるほど、同じ話題で盛り上がっている。

パーティー会場でも多くの人に声をかけられたのだから、もはや疑う余地はなかった。

「アリスまで変に煽《あお》らないでよね。あれはクレイン様と共同制作した結果であって……」

「自分で気づいていないかもしれないけど、助手の仕事は作業を補佐するだけのはずだよ。宮廷錬金術師と共同制作なんて、それ、ほとんど同じ立場で語ってるんじゃない？」

「現実を突き付けるのもやめて。いろいろとおかしいことくらいは、自分でも気づいているから」

ジール様と一緒に下積み時代を過ごした私は、厳しい現実を理解しているつもりだ。宮廷錬金術師の助手になったとはいえ、不可解なほどスムーズに進む物事に疑問を抱かないわけではない。

最初こそクレイン様の後ろ盾の力が大きい、そう思っていたけど、今は明確に違うと感じていた。

冒険者ギルドで真面目に貴族依頼を担当していたことで、自然と顔が広くなり、いろいろな人と信頼関係を築いていたに違いない。

私の元にジール様が引き受けていた依頼が回ってくるのも、その影響が大きいんだろう。

「まだ見習い錬金術師なのに、忙しくなりそうだよ。早く薬草不足が落ち着いてくれるといいんだけど」

「少し時間がかかるらしいね。薬草菜園で働いてる人が言ってたもん」

「先は長そうだね。今はポーションが元通りに流通して、平和な王都に戻ってくれることを祈るしかないって感じかな……っと。はい、これで完成だよ」

魔鉱石を加工し終えると、手元にガーベラの花をモチーフにしたネックレスが誕生した。

細かい装飾はもちろん、肌に触れても痛くならないように丸みを作り、バランスよく形を整えている。

最初に立てた目標を達成できて、ようやく形成スキルが身についたと実感した。

「ネックレスの飾り、ミーアの家の家紋じゃない？」

「そうだよ。よく覚えてたね」

貴族は友好の証《あかし》として、家紋の付いたものを渡す風習がある。

近年では悪用される機会が増えたので、渡す人も少なくなったと聞くが、アリスには渡しておきたいと思っていたものだ。

「本当に私がもらっちゃってもいいの？」

「アリスのために作ったものだからね。これで貴族に応対する時も楽になると思うよ」

子爵家の家紋とはいえ、さすがに格上の貴族も無下にはできない。地位の低い貴族も互いに敵に回したくないので、横暴な態度は取らなくなるだろう。

そんなことを考えていると、アリスが苦笑いを浮かべていた。

「そのことなんだけどね、実は冒険者ギルドにカタリナが戻ってきたんだよね」

「えっ？　冒険者ギルドは辞めたはずじゃ……」

「どういう風の吹き回しなのか、ギルマスに頭を下げて、復帰を頼み込んだらしいの。迷惑をかけ

た取引先の貴族の元にも足を運んで、謝罪も済ませたみたいだよ」

薬草不足の原因を作ったジール様が罪に問われたことで、二人の関係も終わったみたいだ。

「しかもね、カタリナの話はこれだけじゃないの。噂では、取引先の貴族が折れるしかないほど地面に頭を擦《こす》りつけたとか、先方の屋敷前で夜通し謝り続けたとか、別人みたいな話が聞こえてくるんだよね」

「それ、本気で言ってる？」

「本当らしいよ。そのこともあって、ギルマスも今回だけは復帰させるって言ったんだもん」

わざわざ肩身の狭い場所に戻るなんて、いったい何を考えているんだろう。

新しい目標でもできたのかな。

「今後は、私とカタリナの二人体制で貴族依頼を担当する形にするんだって」

「大丈夫なの……？」

「今のところはね。むしろ、率先して書類整理を始めるくらいには仕事熱心で、怖いくらいだよ」

「それは確かに怖いわ。でも、ジール様もおかしかったんだよね。この間、人が変わったように謝罪されて……」

二人の間で何があったのかわからないが、改心しているのであれば、様子を見るのもいいと思う。

またすぐに貴族とトラブルを起こすわけにはいかないから、ギルマスも目を光らせているはずだし、対応を間違えることはないだろう。

冒険者ギルドも大変だなーと思いながらアリスと話していると、ふとあることを思い出した。

「あっ、いけない。今日は午後からクレイン様のポーション研究を手伝う予定だったんだ」

初めて長期休みをもらった影響か、時間の感覚がおかしくなって仕方ない。ゆっくり過ごす癖がついたみたいで、アリスと一緒にのんびりと昼休みを共にしていた。

他人の心配をするよりも、自分の心配をした方がいいと思った瞬間である。

「ミーアは忙《せわ》しないねー。せっかくの昼休みなんだし、もっとゆっくりとしていけばいいのに」

「まだ病み上がりだからって、今日まで半日出勤にしてもらってるんだよね」

「それはゆっくりしすぎだわ。遅れないようにね」

「うん、行ってくる。ご馳走《ちそう》様」

テーブルの上に昼ごはんの代金を置いて、急いで店を後にした。


無事にクレイン様の工房にたどり着くと、私はすぐにお手伝いをすることになった。

宮廷錬金術師の助手……もとい、御意見番の仕事があるため、両手に二つのポーションを持ち、目を細めている。

「このポーションは大丈夫そうですけど、こっちはダメですね」

私がいない間に作っていたであろう試作品のポーションは、一段と効能にムラができている。ポーション瓶の底に不純物も沈殿していて、あまり状態がいいものではなかった。

ただ、作業台の上に置かれた薬草がかなり萎《しお》れているので、ポーションができただけでも奇跡と言える。

クレイン様も納得するように頷《うなず》き、結果に満足しているみたいだった。

「やはりポーションになっていたか。どうやら調合と形成を二重展開しなくとも、品質を向上させられるみたいだ」

「EXポーションを作るのではなく、普通のポーションを作成する形ですね」

「ああ。状態の悪い薬草を形成スキルで改良することができれば、普通に調合するだけでもポーションが作れるようになる。この研究がうまく進めば、今回みたいな騒動が起きても混乱しなくて済むだろう」

薬草を買い占める者がいなくなったとしても、どこかのタイミングで必ず薬草不足は訪れる。今回の事件を教訓にして、対応策を練ろうとするのは、誠実なクレイン様らしい研究だ。

神聖錬金術を使ったり、調合と形成の二重展開をしたりしなければ、術者の負担も少なくなるはず。大勢の人が安心して過ごすために必要な良い研究テーマだと思った。

「普通にEXポーションを作るよりも難しそうですね。他の試作品のポーションを見ても、あまり回復成分が含まれていません」

「手ごたえがないのは事実だ。どうしても不純物が混じりやすく、品質を落としやすい」

「うーん。薬草の状態が悪すぎて、下処理の最中に回復成分が流れ出ているのかもしれませんね」

「その可能性は高い。このままでは、回復成分の含まれない偽造ポーションができる恐れがあると、危惧していたところだ」

形成スキルを使ったポーションの研究が始まったばかりとはいえ、早くも難解な問題に直面している。

いくら形成で品質を向上させようとしても、回復成分が含まれていないと、どうにもならない。

普段は粗悪な薬草を避けて調合しているので、今回は独特の問題に頭を悩ませていた。

「不純物が多少含まれることを前提にして、ポーションを作った方がいいかもしれません。非常時用のポーションと割り切った方が……」

真剣に改善策を考えていると、何やらおかしなことを言ってしまったのか、クレイン様が笑みを向けてくる。

「どうかされましたか？」

「いや、ミーアの意見を聞いていると、早くも一人前の錬金術師だと思ってな」

「御意見番として雇った人が何を言っているんですか。私はまだまだ見習い錬金術師ですよ。ようやく形成スキルが扱えるようになったばかりなんですからね」

EXポーションの件もあって、過大評価されている気がするが、私はまだまだ見習いにすぎない。

錬金術師の基礎スキルである【調合】と【形成】の二つが使えるようになっただけで、お世辞にも一人前とは言えなかった。

ポーションの出来栄えがいい分、扱いがややこしくなるんだと思うけど。

そんなことを考えていると、クレイン様が何かを思い出すようにハッとしていた。

「そういえば、ペンギンの置物はどうした？　形成の練習で作製途中だったものがあるだろ」

魔物の繁殖騒動でポーションを作ることになり、そのまま魔力切れで休んでいたため、ペンギンの形成作業は途絶えている……はずだった。

「ふっふっふ。これを見てください」

しかし、ようやく形成スキルを操れるようになった私が、我慢できるはずもない。密《ひそ》かに持ち帰り、休んでいる間にコソコソと作り上げていた。

よって、完成したペンギンの置物が仕舞ってある棚に取りに行き、作業台の上に二つ並べる。

一つはクレイン様の作った威嚇するペンギン。そして、もう一つは私の作った驚くペンギンだ。

二つの作品を一緒に並べることで、威嚇に驚くペンギンたちを表現している。

「せっかくでしたので、クレイン様のペンギンと対になるものを作製してみました」

「ほお。なかなか器用なものだな」

「細部もこだわりましたので、自分でも良い出来だと思います。手足や表情がうまくいかなくて、かなり苦労しましたね」

「修得したばかりのスキルでこれだけのものが作れるなら、形成に適性があるのかもしれないな。オババも魔鉱石を譲ってくれたことだし、このまま形成スキルを伸ばしてみるか？」

クレイン様に何気なく形成スキルの道を進められたが、すぐに返事ができなかった。

もっと調合スキルでいろいろなポーションを作ってみたいし、形成スキルで自分用のアクセサリーも作りたい。付与スキルにも挑戦したいと思っているんだから、優柔不断になるのも仕方ないことだろう。

だって、憧れ続けてきた世界に飛び込んだ私には、すべての光景が輝いて見えている。進むべき道を一本に絞るなんて、無理難題のように思えた。

「先のことはまだ考えられません。もっと錬金術の知識やスキルを身につけてから、自分の進む道を決めたいと思っています」

「わかった。ミーアの気持ちを尊重しよう」

第二の人生は後悔したくない。

一番楽しいと思えることを仕事にして、幸せな日々を送りたいと考えている。

「ひとまず、今日は薬草と形成スキルの関係について調べ直したい。手伝ってくれ」

「わかりました。回復成分が流れ出ないように、薬草の下処理から見直していきましょう」

私の錬金術師の道は、まだまだ始まったばかりなのだから。

MFブックス

蔑まれた令嬢は、第二の人生で憧れの錬金術師の道を選ぶ ~夢を叶えた見習い錬金術師の第一歩~ 1

2023年7月25日　初版第一刷発行

著者　あろえ
発行者　山下直久
発行　株式会社KADOKAWA
〒102-8177　東京都千代田区富士見2-13-3
0570-002-301（ナビダイヤル）
印刷・製本　株式会社広済堂ネクスト
ISBN 978-4-04-682653-4 C0093

企画　株式会社フロンティアワークス
担当編集　河口紘美（株式会社フロンティアワークス）
ブックデザイン　鈴木 勉（BELL'S GRAPHICS）
デザインフォーマット　ragtime
イラスト　ボダックス

本シリーズは「小説家になろう」（https://syosetu.com/）初出の作品を加筆の上書籍化したものです。

この作品はフィクションです。実在の人物・団体・事件・地名・名称等とは一切関係ありません。

ご縁がなかったということで！
～選ばれない私は異世界を旅する～
高杉なつる
Takasugi Naturu
イラスト：
喜ノ崎ユオ
ご縁がなくても、私は異世界で歩みを止めない
番《つがい》の運命の相手として異世界へ飛ばされた玲奈。
ところが、獣人が迎えに来るはずのお披露目会で、
彼女の番《つがい》だけが現れなかった。
己の恋に見切りをつけた玲奈は、
商会の通訳・翻訳担当として仕事をこなし、
いつか異世界をひとりで旅する日を望みながら生活を送るが、
何者かの思惑によりあらぬ疑いをかけられてしまい――。
運命に翻弄されつつも、
異世界を生き抜く玲奈の物語が幕を開ける！
MFブックス新シリーズ発売中!!
MFブックス

無職転生
～蛇足編～
Rifujin na Magonote
理不尽な孫の手
イラスト：シロタカ
本編の続きを描く物語集、
『蛇足編』開幕！
ビヘイリル王国での決戦の末、勝利した
ルーデウス・グレイラット。
彼を取り巻く人々のその後を描く物語集
『蛇足編』が開幕！
シリーズ第1巻ではノルンの結婚話
『ウェディング・オブ・ノルン』、
ルーシーの初登校を描く
『ルーシーとパパ』、
ドーガとイゾルテの婚活話
『アスラ七騎士物語』に加え、
ギレーヌの里帰りを描く書き下ろし短編、
『かつて狂犬と呼ばれた女』の四編を収録。
人生やり直し型転生ファンタジー、
激闘のその後の物語がここに！
MFブックス新シリーズ発売中!!
MFブックス

okane ha saitsuyomahou desu!
SAITSUYO!
お金は最強《さいつよ》魔法です!
追放されても働きたくないから数字のカラクリで遊んで暮らす
Rootport
イラスト:くろでこ
それでも俺は、
働かずに生きる
ことを諦めない! ……で、どうしよう?
勇者パーティの一員として竜王を討伐したルーデンス。その帰りに立ち寄った街で、彼は賭け事を行い、見ず知らずの奴隷少女を助けるためにパーティの全財産を失ってしまう。
当然パーティは追放、お金もない。それでも彼は、働かずに生きることを諦めない!
知恵と口先でお金を稼ぎ、遊んで暮らすことを目指す!!
MFブックス新シリーズ発売中!!
MFブックス

「こぼれ話」の内容は、
あとがきだったり
ショートストーリーだったり、
タイトルによってさまざまです。
読んでみてのお楽しみ！

アンケートに答えて著者書き下ろし「こぼれ話」を読もう！

よりよい本作りのため、
読者の皆様のご意見を参考にさせて頂きたく、
アンケートを実施しております。

奥付掲載の二次元コード（またはURL）にお手持ちの端末でアクセス。

↓

奥付掲載のパスワードを入力すると、アンケートページが開きます。

↓

アンケートにご協力頂きますと、著者書き下ろしの「こぼれ話」がWEBで読めます。

- PC・スマートフォンに対応しております（一部対応していない機種もございます）。
- サイトにアクセスする際や、登録・メール送信時にかかる通信費はご負担ください。
- やむを得ない事情により公開を中断・終了する場合があります。